Lu
Très Bien

JEAN-MICHEL TRUONG

Jean-Michel Truong, âgé de quarante-huit ans, est né à Strasbourg, d'un père vietnamien et d'une mère alsacienne. Après des études de philosophie et de psychologie, il a fondé Cognitech, la première société européenne d'intelligence artificielle, qu'il a revendue avant de partir vivre en Chine.

Avec *Reproduction interdite*, son premier roman, dont les droits d'adaptation ont été acquis par Jean-Jacques Benneix, Jean-Michel Truong faisait découvrir, dès 1989, le clonage humain.

ETERNITY EXPRESS

DU MÊME AUTEUR
CHEZ POCKET

LE SUCCESSEUR DE PIERRE

JEAN-MICHEL TRUONG

ETERNITY EXPRESS

ALBIN MICHEL

ISBN 2-226-13894-4

Entendant, vous entendrez
et ne comprendrez pas ;
et regardant, vous regarderez
et ne verrez pas.

ISAÏE 6, 9-10

I

Et ceci, c'était les dernières réminiscences
du dernier jour
Du tout dernier voyage...

BLAISE CENDRARS
Prose du Transsibérien

— De l'herbe !

Il avait crié ça comme un naufragé crie *Terre !* Tous ceux qui le pouvaient se portèrent sur la gauche. En mer, ils auraient chaviré. Mais le wagon encaissa sans broncher le brusque déplacement de son centre de gravité.

C'était bien de l'herbe. Non de cette paille rare et famélique qui, dans le désert, signale au nomade l'approche de l'oasis, mais un gazon dru et dense, quasi fluorescent, un miracle d'herbe comme seule la technologie la plus avancée savait encore en produire. Ce que promettait pareille débauche de chlorophylle, c'était le retour imminent à la civilisation.

Jonathan eut une pensée pour ceux qui, remisés sous des bâches dans le fourgon de queue ou abandonnés le long de la voie, ne verraient pas la terre promise. Tu as fait ton possible, se rassura-t-il.

Puis, comme les autres, il joua des coudes pour jouir du spectacle.

C'était un golf, et des plus savamment sculptés. Aucun paysage naturel ne présente des lignes aussi parfaites. Pour donner ses courbes de nymphe à celui qui s'alanguissait sous ses yeux, des armées d'autochtones, des cohortes d'engins avaient dû être mobilisées. Des mois durant, le ciel avait dû retentir du fracas de la dynamite. Ensuite, dans le calme revenu, il avait fallu dérouler ces hectares de moquette organique, planter ces forêts d'essences rares, repiquer ces exubérants parterres de fleurs, et surtout arroser, arroser... Mais où diable avaient-ils trouvé toute cette eau ?

L'eau. Quelques heures plus tôt, ils se seraient battus pour une goutte de rosée et ici... Les arroseuses automatiques nappaient le creux des vallons d'une brume tout aurorale, dont n'émergeaient comme des îlots que les crêtes les plus élevées. Çà et là, des rochers artistement disposés achevaient de conférer au tableau une indéniable touche Ming. Normal, sourit Jonathan, puisqu'en Chine, précisément, on y est.

De leurs bras tournants, les jets les aguichaient cruellement. Ah ! Danser sous cette bruine bienfaisante, s'ébrouer sur la pelouse humide ! À cet instant, plus d'un rescapé fut tenté de répondre à l'invite. Mais après s'être traîné deux jours durant dans la fournaise du Gobi, ce maudit train, flairant l'écurie, s'était soudain emballé. À cette allure, sauter eût été un suicide, et nul n'avait envie d'être le dernier mort du voyage.

À chaque tournant, une nouvelle surprise leur arrachait cris d'admiration et exclamations de joie. Les yeux écarquillés, ils contemplaient ce qui désormais serait le dernier cadre de leur existence. Après le golf, ce furent le plan d'eau, où des voiliers sous spi disputaient une régate, le bois et ses nonchalantes cavalières, le champ de courses, le terrain de polo, les cours de tennis à faire pâlir Roland-Garros, le stade, les bassins olympiques que de rares nageurs faisaient paraître plus gigantesques encore, et partout les mêmes parcs, jardins, terrasses et allées que Le Nôtre lui-même n'eût pas désavoués. Au fur et à mesure de leurs découvertes, les doutes, les questions, les peurs accumulés au cours du voyage se dissipèrent, laissant place à une pacifiante certitude : la brochure tenait ses promesses, bien au-delà de tout ce qu'ils avaient pu rêver...

Puis sur une colline apparurent, en lettres blanches géantes, les deux mots qui justifiaient toute leur souffrance et toute leur espérance : CLIFFORD ESTATES.

Terminal Ouest-Europe – Premier jour

— C'est un scandale, fulminait l'individu retranché, tel Napoléon au milieu de sa garde, derrière de somptueux bagages Vuitton. J'exige de voir le contrôleur !

Petit, sec, menton volontaire, sourcils en visière, cheveux ras à peine grisonnants, la sénescence bien contenue par un demi-siècle de fréquentation bihebdomadaire d'une salle de gym, l'homme avait manifestement coutume de recevoir sans délai ce qu'il demandait. Problème classique, avait aussitôt diagnostiqué Jonathan : comment obtenir d'autrui, non pas la déférence, mais la simple attention que son statut ne lui garantissait plus ? Tous les pros, qu'ils soient concierges de palace, videurs de boîte branchée ou banquiers, savent au premier coup d'œil distinguer les clients disposant d'un droit à leur complaisance – voire à leur bassesse – de ceux voués à leur morgue la plus expressive. Rien à voir avec les seules apparences : le maître d'hôtel de Lucas-Carton débusque sans hésiter le gigolo sous le smoking Armani, et le plagiste du Carlton reconnaît d'instinct la duchesse dans cette créature en string vautrée sur le sable. Des signaux subtils émanent des puissants, qui leur épargnent le stress de revendiquer leur droit. Jonathan lui-même en avait maintes fois éprouvé la force : ainsi, affublé d'un jean déchiré et d'une barbe de trois jours et débarquant chez le concessionnaire Jaguar de l'avenue George-V, avait-il jadis obtenu d'essayer sur-le-champ un coupé qu'il convoitait. Six mois plus tard, au Ritz, on lui refusait sèchement l'accès du spa où il comptait retrouver un ami lui devant une somme dont il avait le plus urgent besoin. Son blazer en cachemire de Saville Row et sa Breguet en or massif ne lui avaient été d'aucun secours : quelque chose en lui stigmatisait l'homme aux abois, mystérieuse aura guère plus contrôlable que celle qui auparavant rendait possibles tous ses caprices.

— Un contrôleur, couinait l'empereur déchu, de plus en plus décomposé.

Il essayait la solution qui vient spontanément aux primates et aussi aux enfants, avant qu'ils ne comprennent la magie de certains arrangements de sons : gesticuler en poussant de grands cris. Pour tenter d'obtenir satisfaction, le malheureux régressait dans l'émotionnel pur. Échec assuré, pronostiqua Jonathan, qui avait sur lui l'avantage de l'expérience. Non qu'il fût plus âgé – à vue de nez, il était d'au moins dix ans son cadet – mais parce qu'il était pauvre depuis plus longtemps. Il avait eu tout loisir de découvrir les pouvoirs insoupçonnés de l'humilité, cette méthode de persuasion que son vieux complice Xuan, adaptant à sa manière un adage de son pays, résumait ainsi : « Si tu ne peux m'écraser, écrase-toi. »

Le contrôleur bruyamment réclamé arriva enfin.

— Voyez nos billets, se plaignit l'homme, au comble de l'indignation. Première classe. Où sont les premières ?

— C'est classe unique jusqu'à Moscou.

— Et après Moscou ?

— Après, ça ne me concerne plus.

— Si vous croyez que je vais passer huit jours en seconde, vous...

— Je n'ai hélas rien de mieux à vous offrir. Montez, s'il vous plaît, le train va partir.

— Vous voyez bien que nous avons des bagages, protesta l'autre. Où sont les porteurs ?

— Un porteur ! bougonna le préposé en lui tournant le dos. Où c'est qu'il se croit, celui-là ?

Soufflé par tant d'irrévérence, l'autre se résigna à transporter lui-même ses *impedimenta*, non sans marmonner d'indistinctes menaces.

— Celui-là, il aura de mes nouvelles, promit-il à sa femme qui l'observait, navrée. J'ai encore le bras long.

— Mon pauvre ami, dit-elle comme on plaint un proche que l'on sait perdu mais qui espère encore. Tâchez au moins de nous trouver un compartiment vide.

L'écran à côté de la portière affichait CLIFFORD ESTATES – TGV N° 104 – VOITURE 19. Jonathan vérifia son billet et soupira. Il lui faudrait faire tout le trajet avec l'acrimonieux et sa moitié. Fataliste, il saisit sa valise et, d'un air où se lisait toute la lassitude du monde, fit mine de rater le marchepied.

— Où c'est qu'il va comme ça, le p'tit père ? gronda quelqu'un derrière lui.

Ça n'a pas tardé, jubila Jonathan en se retournant pour identifier celui qui avait si promptement donné dans le panneau.

C'était le contrôleur, l'inflexible saint Georges qui d'un mot venait de terrasser l'irascible.

— ... Vous n'allez pas charrier ça tout seul, dit-il en s'emparant d'office du maigre bagage.

— Vous êtes bien aimable, jeune homme, chevrota Jonathan en le gratifiant d'un sourire douloureux mais stoïque qui, sitôt l'autre parti, s'épanouit en une large expression de triomphe : une fois de plus, la Loi de Xuan s'était vérifiée.

À en croire la réservation, sa place était dans ce compartiment, mais le risque de devoir partager l'étroite alcôve avec quelque fâcheux lui fit préférer un des moelleux fauteuils solos non attribués du couloir. Par chance, celui des deux qui était dans le sens de la marche était aussi non fumeur, et il en prit possession avec l'intense satisfaction d'avoir pu concilier son aversion pour le tabac et les deux règles cardinales de son fang shui personnel : en tout lieu, voir venir et protéger ses arrières. Il avait bien un siège en vis-à-vis, mais en y disposant quelques magazines et en arborant la mine qui convenait, il se faisait fort de dissuader quiconque de seulement le convoiter.

Dans la voiture régnait une atmosphère de départ en colonie de vacances. À deux notables différences près : c'étaient les parents qui partaient, et sans espoir de retour. Dix fois, il assista, narquois, à la même scène, ritualisée et surjouée à la manière de l'opéra chinois, comme si chacune des familles achevant de se désagréger sous ses yeux avait voulu recréer, le temps d'une ultime représentation, l'illusion d'un lien dont ce départ était la négation même. Après s'être assurés que le parent dont ils se défaisaient avait bien emporté sa petite laine : « Les nuits sont froides en Mongolie... », lui avoir rappelé où se trouvaient son remède : « N'oublie pas ton Skenan... », ou ses couches : « Change-toi bien deux fois par jour, tu as de l'Imodium en cas de dérangement... », après avoir détaillé par le menu le contenu de son sac à provisions : « Je t'ai mis du chocolat, tu sais, comme tu l'aimes, à la pâte d'amandes, mais attention à ton diabète... », et s'être une dernière fois enquis de ses billets de train, passeports et autres documents administratifs : « Ne perds pas ton carnet de vaccination ! Les Chinois ne plaisantent pas avec ça... », les jeunes finissaient invariablement par la même recommandation : « Et surtout, envoie-nous un mail dès ton arrivée... », et le même mensonge : « On viendra te voir cet été avec les enfants. » Suivaient les étreintes, les larmes et le *bon-maintenant-il-vaut-mieux-qu'on-y-aille* de rigueur. Un peu honteux quand même, mais soulagés de s'en sortir à si bon compte, les jeunes tiraient leur révérence.

Puis il y avait ceux que nul n'accompagnait. Dans le compartiment à côté de Jonathan prirent place une Vietnamienne encore coquette dans sa robe de soie traditionnelle fendue sur le côté... « Je suis célibataire », souffla-t-elle comme pour s'excuser tandis qu'il hissait ses cartons dans le porte-bagages, une mamma maghrébine scandaleusement multipare empêtrée dans ses balluchons... « J'ai fait onze gosses, des ménages toute ma vie pour les élever, et pas un pour me dire au revoir » ; et un couple d'anciens antiquaires qui se ressemblaient tant que Jonathan se demanda un instant s'ils n'étaient pas frère et sœur... « Nous, des enfants, on aurait bien aimé en avoir. » Au moins, se dit-il, l'opéra de Pékin leur aura été épargné. Il pensa aux enfants qu'il n'avait pas désirés, aux femmes qu'il n'avait pas gardées, et se dit que c'était tant mieux. Qui, au demeurant, aurait voulu partager une telle vie ?

« Mesdames et Messieurs, vous avez pris place à bord du TGV numéro 104 à destination de Moscou, via Strasbourg, Munich, Vienne et Varsovie. Attention, ce train est réservé aux passagers munis de billets spéciaux. Attention au départ. »

En entendant l'annonce fatidique, l'ancienne antiquaire éclata en sanglots.

— Pensez, expliqua son mari, gêné. Nous avons vécu dans le Marais toute notre vie....

— C'est pas pour ça ! protesta-t-elle.

— Alors pourquoi pleures-tu, mon chou ?

— À cause de Pouchkiiii-ine ! fit-elle en redoublant de larmes.

Et tandis que son compagnon la consolait de son mieux, l'assurant que quelqu'un s'en occuperait, de son chat... « Les Dubreuil l'adorent, il est toujours fourré chez eux... », que d'ailleurs il savait fort bien se débrouiller seul : « Souviens-toi, il fuguait des semaines durant... », qu'en Chine de toute façon ce n'était pas possible : « Tu sais bien qu'ils les mangent... », qu'au fond il était moins à plaindre qu'eux : « Au moins, il finira ses jours à l'endroit où il est né... » Jonathan pour la première fois depuis longtemps laissa libre cours à sa nostalgie.

La Chine ! Si on lui avait dit qu'un jour il retournerait en Chine ! Par le train, qui plus est, comme dans ses rêveries de collégien, quand il s'abandonnait au rythme lancinant de la prose de Cendrars. Depuis sa rencontre avec Xuan sur les bancs de Janson-de-Sailly jusqu'à la fin de ses études, il y avait passé tous ses étés. De Hongkong où ils établissaient leur camp de base, ils lançaient des expéditions sur le Tibet, le Sichuan, le Xinjiang ou la Mandchourie, qu'en fervents disciples de Segalen ils exploraient avec méthode, bourgade après bourgade, à la recherche des perles oubliées des guides touristiques.

Un sifflement d'air comprimé l'arracha à ses songes et, dans un claquement sec, les portières se fermèrent.

Sur le quai, par portables interposés, les familles éplorées prodiguèrent aux partants d'ultimes marques d'hypocrisie filiale.

Et le train s'ébranla.

Ils ne se détendirent vraiment qu'au déjeuner, par la grâce de l'excellent plateau-repas – galantine de volaille fermière au foie gras de Strasbourg, filet de sandre sauvage et son sabayon au riesling sur lit de choucroute vierge, fromage de Munster au lait cru des Chaumes, kouglof glacé nappé d'un coulis de rhubarbe tiède – servi entre Vosges et Forêt-Noire par la Compagnie internationale des Wagons-Lits qui ravitaillerait le TGV jusqu'à Moscou, et plus encore par la vertu euphorisante des grands crus et eaux-de-vie d'Alsace qui l'arrosaient. En franchissant le Rhin ils portèrent en riant un toast à la patrie qu'ils quittaient et un autre plus réservé à celle qui les attendait.

Deux voix dominaient le brouhaha, celles des impériaux propriétaires de bagages monogrammés, qui s'égosillaient à marquer de leur empreinte vocale leur nouveau territoire.

— Finalement, proclama Monsieur Vuitton, ce n'est pas si bête, ce voyage en train. Au moins on profite du paysage.

— Une aberration, contra sa compagne en prenant les autres passagers à témoin. L'avion s'imposait.

— Comme ça, poursuivit-il sans tenir compte de l'objection, on aura le temps de s'habituer au décalage horaire.

— C'est à cause de nos bagages, avança quelqu'un. Pensez, trois cents kilos par tête de pipe ! Multiplié par... combien ? Quatre, cinq cents ? Par avion, c'était trop.

— Trop ? s'étrangla la Vuitton. Mais je n'ai pas pu emporter le tiers du nécessaire !

— Moi, dit un philosophe, tant que ça ne me coûte rien...

— Et moi, conclut Monsieur Vuitton en lorgnant ostensiblement le décolleté de l'accorte hôtesse rousse qui desservait son plateau, dans de telles conditions, je veux bien faire le tour de la Terre.

— Bob ! le gourmanda son épouse, fière de la verdeur résiduelle de son homme. Voulez-vous bien vous tenir !

Et ils rirent de plus belle.

Tandis que, paupières closes, il humait avec volupté les exhalaisons de sa mirabelle – un de ces cœurs de chauffe sans prix dont seuls les bouilleurs de cru du Val de Villé avaient le secret et comme jamais il n'aurait espéré en déguster un jour à nouveau –, Jonathan, gagné comme tout un chacun par la liesse ambiante, considérait avec optimisme sa situation. La totalité de son patrimoine tenait dans sa valise, ce qui au terme d'une vie ne pesait certes pas bien lourd. Mais, après tout, son véritable capital n'était pas là. « Finis d'abord ta médecine », avait exigé son père quand, adolescent, il lui avait annoncé son intention de se lancer sur les routes. Médecin lui-même, l'excellent homme avait, pour étayer ses exigences, convoqué les mânes de son grand-père, couturier en Estonie, et le témoignage de son père Yitsac, tailleur dans le quartier du Temple, qui avait établi ses cinq enfants en s'esquintant les yeux tard la nuit sur sa machine à pédalier. « Un vrai Juif doit savoir coudre, avait dit l'aïeul, péremptoire. Quand tu sais coudre, partout et toujours tu trouves de quoi manger. » À défaut, docteur, c'était bien aussi. Mais le mieux, absolument, c'était de savoir coudre. Du fil, une aiguille et, si Dieu veut, tu sauves ta vie. Avec du fil et une aiguille, il avait survécu à deux cataclysmes, et élevé trois avocates et deux médecins. Jonathan avait eu la sagesse de se soumettre et s'était fait chirurgien, au grand soulagement du vieillard : « Comme ça, en cas de malheur, tu pourras toujours coudre. »

Ils seront heureux de m'avoir avec eux, spéculait Jonathan en examinant discrètement ses compagnons. Mieux que quiconque, il savait ce que leurs belles mines celaient de dérèglements cellulaires, de ruines physiologiques, de délabrements organiques. Et mieux que quiconque, il savait ce que leur apparent détachement dissimulait d'obsessions, d'angoisses, de peurs irraisonnées. Certes, la brochure de Clifford Estates leur promettait des services médicaux *world class*, avec une clinique ultramoderne, un plateau technique pourvu d'équipements dernier cri, un laboratoire d'analyses biomédicales *up to date*, des médecins et chirurgiens diplômés des meilleures universités chinoises, un personnel soignant compétent, attentionné et polyglotte, et tout le tralala. Mais, dans la perspective du choix décisif, du choix vital – ouvrir ou ne pas ouvrir, radioéléments ou chimiothérapie, soins palliatifs ou ultime baroud thérapeutique –, ils aimeraient pouvoir disposer d'un second avis, d'une expertise désintéressée, d'un conseil d'ami. Et si de surcroît l'ami en question pratiquait à la perfection la langue du cru... Pas de doute, dès qu'ils sauraient, tous voudraient l'avoir pour confident.

— Pourquoi ce tintamarre ?

Le TGV avait ralenti, puis carrément stoppé en rase campagne. L'arrêt s'était prolongé mais, tout à ses spéculations, c'est à peine s'il l'avait noté. Jusqu'aux sirènes.

— Des manifestants ! Ils bloquent la voie.

— Qu'est-ce qu'ils veulent ?

Personne ne pouvait le dire, mais déjà le train repartait, et bientôt sa curiosité fut satisfaite. Sur une voie parallèle, sifflant et soufflant, un interminable serpent d'acier attendait pour s'élancer que les bulldozers eussent dégagé les restes d'une barricade. Bâché de vert, il ne révélait rien de son chargement, mais le logo Global Waste répété sur ses flancs et plus encore la pestilence qui envahit leur voiture alors qu'ils le dépassaient ne laissaient aucun doute quant à sa nature : à vue de nez, six mille tonnes d'ordures ménagères ayant largement dépassé leur date limite de consommation.

Sur un talus, des secouristes pansaient ceux qu'on venait de sacrifier à l'idole. La police anti-émeutes de l'Union n'éprouvait aucune tendresse pour les écologistes, qui le lui rendaient bien. Leurs batailles rangées se soldaient régulièrement par des estropiés, dont le souvenir exacerbait la brutalité des affrontements suivants.

— Les pauvres, murmura l'ancienne antiquaire du Marais.

— Où veulent-ils donc qu'on les mette ? demanda la Vuitton à la cantonade, comme pour désamorcer avant qu'il ne se propage l'élan de sympathie qui s'esquissait. Dans nos jardins, peut-être ?

— Ils prétendent qu'on n'a qu'à les brûler, comme dans le temps, hasarda quelqu'un.

— Ils oublient que dans le temps, justement, ils s'enchaînaient aux grilles des usines d'incinération, rétorqua la Vuitton. Faudrait quand même savoir !

Jonathan dut reconnaître que, pour une fois, elle n'avait pas tort. En multipliant à tout propos leurs manifestations, les écolos n'avaient pas été pour rien dans l'extrême intolérance des populations à tout ce qui ressemblait de près ou de loin à une source de pollution, si bien qu'à l'ouest de la ligne Oder-Neisse il était devenu impossible de trouver une commune qui acceptât d'héberger un centre de retraitement, sans parler d'une usine d'équarrissage.

Les narines asiates s'étant révélées moins susceptibles – ou leurs porteurs plus dociles – les immondices de Miss Braun, de Mme Dupont et de Herr Muller avaient pris le chemin des steppes infinies où, de la mer d'Okhotsk à l'Oural en passant par la Sibérie et la Mongolie, avaient autrefois chevauché les hordes de Gengis Khan, et qui aujourd'hui ne servaient plus que de champs d'épandage à la société de consommation. Chaque jour, des centaines de convois Global Waste franchissaient ainsi le Rhin, où s'embusquaient des militants bien décidés à ne pas les laisser passer, depuis qu'ils avaient compris qu'en déplaçant le problème vers ces contrées au comportement imprédictible, on n'avait fait que l'aggraver. Tout compte fait, mieux valait des déchets sous contrôle, même imparfait, des lois européennes, qu'exposés à tous vents dans les dantesques décharges sibériennes ou mandchoues. Déjà le lac Baïkal, première réserve d'eau potable du continent, présentait des signes inquiétants de contamination. Il devenait urgent d'enrayer l'exode des poubelles. D'où la nouvelle doctrine orduricole des Verts – les déchets doivent être traités par ceux qui les ont produits – que les facétieux résumaient en quatre mots : « À chacun son caca. »

Mais l'industrie aussi avait fait ses comptes, et le coût de la tonne d'ordures rendue Urumchi ou Ulan-Bator, franco de port et toutes taxes comprises, s'était révélé définitivement plus attractif que celui de la même quantité retraitée dans une des rares usines « zéro émission » encore tolérées en Europe. Comprenant où se trouvait leur devoir, les commissaires de l'Union avaient envoyé aux frontières les troupes anti-émeutes qui, depuis, prélevaient sur chaque convoi de déchets son péage de sang.

En fournissant un combustible bon marché à leurs conversations, le brutal intermède avait achevé de faire fondre la glace. Forçant chacun à choisir son camp – flics ou écolos – il avait en outre facilité le regroupement des semblables, par quoi débute toute société qui se respecte. Les partisans de l'ordre s'étaient ralliés autour des époux Vuitton, ceux de la compassion autour du couple d'antiquaires du Marais. Adepte endurci du non-alignement, Jonathan était parvenu à se tenir à l'écart du processus.

Car c'était bien un processus qui s'enclenchait, aussi prévisible dans son déroulement qu'un rituel shinto, et dont cet agglomérat de personnes étrangères les unes aux autres sortirait bientôt aussi structuré, aussi régulé, aussi ordonné – avec sa hiérarchie, ses procédures de décision, ses élus et ses exclus – qu'une meute de hyènes ou qu'un canton helvétique. Naissance d'une communauté, émergence d'une société, que la plupart des citoyens n'ont jamais l'occasion d'observer, pour la simple raison qu'ils viennent au monde dans une communauté déjà là, une société déjà constituée, dont ils prennent en marche les institutions, qu'ils subiront, sans même s'en rendre compte, leur vie durant, avant de les transmettre, à leur insu, à leur progéniture, comme on refile un gène ou un virus. Pour prendre conscience de ce phénomène, il faut des circonstances exceptionnelles, où des individus arrachés à leur paroisse d'origine se trouvent soudain en présence d'inconnus dont, bon gré mal gré, ils devront, pour une durée indéterminée, partager l'espace vital. Circonstances où tout est à refaire parce que rien ne préexiste, ou que rien ne subsiste de ce qui existait, comme après les guerres, les révolutions, l'exil ou tout autre bouleversement personnel ou collectif. Rescapé de maints naufrages, Jonathan quant à lui connaissait ce processus comme un pilote de ligne sa check-list.

À en juger par l'occupation de l'espace sonore, la voiture était déjà sous la coupe du clan Vuitton. On n'entendait qu'eux. Tandis que ceux du Marais n'émergeaient de leur stupeur que pour échanger à voix basse d'indigents messages de service – « Veux-tu boire quelque chose, ma chérie ?... » « Puis-je vous emprunter ce magazine ?... » « As-tu bien pris tes pilules ? » – les Vuitton semblaient bien décidés à ce que nul n'ignorât rien de leur magnificence passée. Chacun soufflait à qui mieux mieux dans la trompette de sa propre renommée, s'époumonant à couvrir celle du voisin. Dans la cacophonie qui en résultait, certains sons éclataient comme autant de coups de cymbale, noms des sociétés prestigieuses qui les avaient employés, dont ils avaient détenu des actions ou qu'ils avaient créées, des endroits de rêve qu'ils avaient hantés, des établissements exclusifs où ils avaient eu leurs habitudes, des personnalités qu'ils y avaient côtoyées, des artistes dont ils avaient possédé les œuvres, des vêtements qu'ils avaient portés et des objets qui les avaient environnés, dont ils se prévalaient comme jadis les hidalgos de leurs lopins, la baronne Mercedes von Waldorf von Arpels von Sankt Moritz von Lagerfeld y rivalisant d'importance avec le vicomte Hermès di Gucci di Vivendi di Aventis di Ferrari di Mamounia et autres lieux.

Parmi ces sons il en était un qui retentissait tel un gong, relevant de ses harmoniques magiques le récit de leurs épopées : le mot *méga* – « million de dollars », dans l'argot des voyous en col blanc, et forcément au pluriel, comme dans mégas d'investissement, mégas de dépenses, mégas de salaire, mégas de bonus, mégas de placements, mégas d'économies d'impôts – censé donner une idée de l'envergure de celui qui l'assénait, mais qui en la circonstance ne mesurait que la hauteur de sa chute.

Le wagon retentissait de ces étranges modulations qu'émettent les volatiles pour attirer l'attention de leurs partenaires ou intimider leurs rivaux. « Rolex, Rolex,

Roooolex », roucoulait le vicomte Hermès, le poitrail en avant. « Chaanel, Chaaanel », répondait la baronne Mercedes en lui faisant les yeux doux. « Ritz, Ritz, Ritz, Rolls », répliquait le vicomte, poussant son avantage. « Mégas », s'interposait alors un troisième. « Mégas, mégas », protestait le précédent. « Mégas, mégas, mégas », surenchérissait l'intrus, qui pour finir emportait la partie.

Drôles d'oiseaux, se dit Jonathan en observant ces joutes puériles. Si peu consistants qu'ils ne tiennent que par des plumes d'emprunt. Quant à lui, il avait toujours préféré la manière dont les vautours réglaient leurs problèmes de préséance : d'un coup de bec.

Lorsqu'ils eurent épuisé les ressources enchanteresses des nombres et des noms, ils crurent nécessaire de lester leurs allégations de quelque substance : avec un bel ensemble, les photographies jaillirent des portefeuilles. Curieux comme finalement tous les hommes se ressemblent, remarqua Jonathan. Cette scène, en prison, il l'avait vécue cent fois. En fait, chaque fois qu'un nouvel arrivant faisait ses débuts dans la cour de promenade, avec ses photos pour seules lettres de créance. À la « fouille » – cette antichambre de la détention où les arrivants consignaient, pour la durée de leur peine, avec ce qui leur restait de dignité, la totalité de leurs effets personnels –, le pauvre bougre venait d'être dépouillé de ses derniers atours, montre, grosse chaîne d'or massif, lourdes bagouses, épaisse gourmette et autres ornements qui, au-dehors, certifiaient le caïd comme l'étiquette à l'oreille certifie le veau élevé sous la mère. En lieu et place de son costume Boss à rayures, de sa chemise en soie sur mesure et de ses Church en croco, on l'avait enjoint d'endosser ce droguet miteux, cette liquette pisseuse, ces baskets trouées et c'est pour ainsi dire nu qu'il déboulait dans la fosse aux lions, sa réputation à refaire. Sa tranquillité, sinon sa vie, dépendait de la vitesse à laquelle il y parviendrait. Mais dans ce monde où l'on ne se payait pas de mots, la tchatche ne suffisait pas : on exigeait des preuves. D'où les photos, toujours les mêmes – pin-up alanguie sur berline allemande devant villa tropézienne –, version voyoute des concours d'élégance des Années folles, où femmes de diplomates et demi-mondaines rivalisaient de mauvais goût en exhibant, sur fond d'hôtel particulier, cabriolets, dogues et valets de pied assortis. À la fois passeports, diplômes et certificats de bonne vie et mœurs, ces photos circulant de main en main signifiaient aux demi-sel qui les commentaient, admiratifs et un rien envieux de ces inaccessibles symboles : « Celui-ci est un seigneur ! Respect, prompte soumission à ses désirs, obéissance immédiate à ses ordres ! » L'instant d'après, l'impétrant prenait place, avec les droits, privilèges et prébendes y afférents, dans la hiérarchie du lieu, au rang exact que lui conféraient la surface corrigée de sa turne, la cylindrée de sa « caisse » et les mensurations de sa « meuf ».

Ignorant de ces usages, Jonathan s'était présenté à la maison d'arrêt sans photo, et n'avait survécu qu'en découvrant un moyen d'exploiter celle des autres. Affecté à la fouille peu après son incarcération, il en avait très vite compris la valeur. Aucun voyou responsable et soucieux de sa sécurité n'acceptait jamais de s'en séparer. Plutôt rendre son flingue ! En prison, où les armes n'avaient qu'exceptionnellement droit de cité, la seule police d'assurance valable, c'était la photo. Usant du pouvoir discrétionnaire traditionnellement concédé par le surveillant responsable de la fouille au détenu qui l'assistait, Jonathan, appliquant à la lettre le règlement, confisquait systématiquement celles des arrivants. Dans les jours qui suivaient, les caïds désespérés venaient le voir, prêts aux dernières bassesses pour récupérer les précieux sauf-conduits. Magnanime, Jonathan cédait, non sans insister sur le risque – tout imaginaire – qu'il prenait. En plus de leur reconnaissance éperdue, il s'était ainsi assuré la haute protection des principaux barons de la maison d'arrêt, où pas une fois en trente mois il n'avait eu à subir d'agression ni même de simple avanie.

Son office lui procurait d'ailleurs le moyen imparable de se rappeler au bon souvenir d'éventuels ingrats. Une fois par semaine, après la douche, les détenus étaient conduits au « change » pour y toucher des uniformes propres. En sa qualité de titulaire de la fouille, Jonathan avait la haute main sur la distribution. Selon qu'il les gratifiait d'une chemise neuve ou rapiécée, d'un droguet impeccable ou d'un bleu de travail délavé, il avait le pouvoir exorbitant de faire d'eux, jusqu'au change suivant, un clochard ou un prince, la risée de la détention ou l'objet de sa considération. Arbitre des élégances dans un univers où l'image comptait tant et tenait à si peu, il était ainsi en position, à la seule force de ses nippes, de bouleverser l'équilibre interne des puissances, plus sûrement que le mieux ourdi des complots.

L'administration, qui dans un premier temps avait été tentée de mettre un holà à ce trafic d'influence caractérisé, s'était ravisée lorsqu'elle avait constaté qu'en juge de paix impartial, Jonathan usait de son pouvoir vestimentaire pour corriger certains désordres inhérents à la réclusion, calmant un détenu trop agressif ici, redonnant confiance à une tête de Turc là. Elle ferma les yeux et, de toute la durée de son mandat, nul, surveillant ou détenu, n'eut jamais à se plaindre de la manière dont il exerçait son magistère.

Le jour de sa levée d'écrou, le surveillant-chef l'avait, honneur insigne, fait venir dans son bureau.

— Vous êtes un malin, Bronstein. En vous voyant arriver, personne ici n'aurait parié un clou sur vous. Que comptez-vous faire à présent ?

— M'inscrire au chômage, j'imagine...

— Avez-vous jamais envisagé de vous expatrier ? avait-il alors demandé.

Et, avant que Jonathan ait pu manifester son étonnement :

— La société ne pardonne pas. Je sais, légalement, vous avez purgé votre peine, mais croyez-moi : quoi que vous fassiez, dans dix ans, dans vingt ans, vous trouverez toujours sur votre route quelqu'un qui se souviendra. Vous êtes doué et ambitieux, mais plus vous entreprendrez, plus vous gênerez de monde, plus vous attiserez la hargne des mouchards. Et si vous réussissez, malheur à vous : ils se déchaîneront. Vous pensez être quitte, mais votre dette, ils vous la feront payer et payer et payer. Elle ne s'éteindra qu'avec vous... et encore : ils sont bien capables de faire chanter votre cadavre.

Puis, le raccompagnant jusqu'à la grille :

— Quittez le pays. Doué comme vous l'êtes, vous pouvez refaire votre vie n'importe où. Ici, vous ne pouvez que replonger...

— ... au bout de deux ans nous faisions 23 % ebitda sur 400 mégas de CA...

— En deux ans ! Bravo !

Avec leur Monte-Cristo entre les dents, leur fine champagne XO tiédissant au creux de la paume, Jonathan aurait très bien pu croiser au zinc du Hemingway ou au bar du Crillon les deux gentlemen qui prenaient un plaisir si manifeste à vanter leurs exploits d'antan.

— ... les venture se prostituaient pour un tabouret dans notre tour de table...

— Les nôtres sont allés jusqu'à offrir 100 mégas pour 1 % de notre capital. Vous vous rendez compte ? Ils nous valorisaient 10 gigas alors qu'on n'avait pas l'ombre du premier produit. En cinq ans d'activité notre seul produit, c'étaient des pertes !

— Et qu'avez-vous décidé ?

— Nous les avons envoyés paître.

— Bien joué !

— Le jour de l'IPO, le titre a pris 310 % au Nasdaq. À ce moment-là, mes actions valaient à peine

20 mégas. Deux semaines plus tard, j'étais milliardaire... sur le papier, évidemment. J'envisageais sérieusement de me retirer des affaires et commençais à rêver à ce que j'allais bien pouvoir faire de la seconde partie de ma vie.

— C'est comme moi. Au plus haut, les miennes valaient 460 mégas ! C'est là que j'aurais dû vendre. Mais vous savez ce que c'est...

— On ne sait pas s'arrêter à temps.

— On s'était tellement habitués à les voir grimper...

— Même après le krach, j'ai refusé d'y croire. Je me disais : « Impossible que ça descende sous 200... sous 100... sous 50... sous 10. » J'ai fini à 2,6.

Jonathan n'avait pas besoin d'en entendre davantage. À l'évidence, ces deux-là faisaient partie de la cohorte innombrable des sinistrés de l'*Eternity Rush*, actionnaires, dirigeants ou collaborateurs d'une de ces start-up qui, avec un enthousiasme qui n'avait eu d'égal que la candeur, s'étaient ruées dans une quête démente de l'élixir de jouvence, entraînant des millions d'épargnants dans leur ruineux délire, précipitant pour finir l'économie mondiale dans un gouffre insondable, dont nul aujourd'hui ne s'aventurait à dire quand et comment elle sortirait.

Comme toujours, pour mobiliser les masses, il avait suffi d'une grande peur et d'un grand mensonge. Pour lancer l'Eternity Rush, on avait fait donner la mère des peurs – celle de la mort – et le plus antique des mensonges – celui de la jeunesse éternelle. Biotechnologies et nanotechnologies, juraient leurs promoteurs, rendraient bientôt possibles un allongement significatif de la durée de vie, une disparition quasi totale des inconvénients physiques et mentaux du vieillissement, et d'une manière générale une amélioration spectaculaire de la qualité de vie des personnes âgées. Si, pour quelque temps encore, il fallait bien se résigner à disparaître, du moins serait-ce le plus tard possible et en pleine possession de ses moyens. Les petits futés qui investiraient à temps dans ces technologies s'enrichiraient énormément. Le marché potentiel, d'ores et déjà fort, en ce début de XXIe siècle, de plus de six cents millions de personnes de plus de 60 ans, s'accroîtrait en effet de manière rapide et concernerait d'ici à 2025 près d'un milliard de consommateurs de par le monde – dont trois cents millions dans les pays développés. *Last but not least*, ce segment, qui représenterait à terme à peu près un tiers de la population totale, détiendrait à lui seul plus de 40 % de son pouvoir d'achat.

Cette clientèle si prometteuse, c'était la génération du baby-boom, qui de la fin de la Seconde Guerre mondiale au choc pétrolier de 1973 avait vu un déchaînement soudain de libido remplir les maternités. Rien qu'en France – répondant ainsi dans un grand élan patriotico-érotique au vœu du général de Gaulle de voir naître « en dix ans, douze millions de beaux bébés » – les géniteurs s'étaient surpassés. Le nombre annuel de naissances, qui stagnait en dessous de cinq cent mille avant-guerre, avait, dès 1946, bondi à plus de huit cent mille. Génération d'enfants gâtés, à qui leurs parents avaient voulu léguer un monde en état de marche, avec des institutions stables, des comptes apurés, des infrastructures relevées, des relations internationales apaisées ou à tout le moins régulées, dans l'espoir qu'ils ne connaîtraient jamais plus les horreurs qui, de guerres mondiales en révolutions, de révolutions en krachs boursiers, de krachs boursiers en guerres mondiales, avaient pourri leurs propres existences.

C'était la *Bubble Generation*, génération champagne, génération bulles de savon, génération billevesées. N'ayant jamais connu que la prospérité exceptionnelle des « Trente Glorieuses », les baby-boomers étaient parvenus à l'âge adulte fermement convaincus que la croissance économique était un phénomène aussi continu et inéluctable que l'expansion de l'univers, et l'argent une ressource aussi gratuite et inépuisable que l'air qu'ils respiraient. Toute leur vie avait été inspirée par cette croyance et tous leurs actes destinés à en vérifier le bien-fondé. Ils avaient ainsi couru de chimère en mirage, épuisant talents, énergies et capitaux dans la bulle immobilière des années 80, la bulle des marchés émergents des années 90 et enfin, à l'article du XXIe siècle, la bulle Internet. Chaque fois, ils avaient cru s'enrichir, chaque fois ils s'étaient ruinés, et chaque fois, persévérants Sisyphe, ils avaient recommencé.

Le germe pernicieux de l'Eternity Rush tomba sur un terreau on ne peut plus accueillant. Les marchés financiers ne se consolaient pas de l'éclatement de la bulle Internet. À peine remis de leur déconfiture, des millions de boursicoteurs impénitents cherchaient anxieusement le placement miraculeux qui leur permettrait de se refaire. Des masses énormes de capitaux désœuvrés erraient ainsi à la recherche d'un emploi, avec la nostalgie des taux de rendement fabuleux qui avaient caractérisé l'Âge d'or de la « Nouvelle Économie ». En grand état de manque, les pigeons petits et grands ne demandaient qu'à gober la première mouche qui se présenterait.

Mais à elle seule, la voracité ordinaire n'aurait pas suffi à amorcer l'Eternity Rush. Déclencher cet universel engouement pour une illusion somme toute vieille comme l'humanité supposait une mobilisation sans précédent des baby-boomers. Les entreprenants quinquagénaires venaient en effet de s'offrir la frayeur de leur vie. Tout occupés à s'enrichir, ils avaient oublié de faire des enfants. Ce n'était pourtant pas faute d'avoir été prévenus par les experts : à l'heure de la retraite, leur train de vie pèserait trop lourd sur les épaules de leur trop rare progéniture. Mais à l'époque, l'échéance semblait lointaine et ils étaient au sommet de leur forme. À défaut de rejetons, ils engendreraient à profusion des capitaux dont la multiplication spontanée en Bourse suffirait à assurer leurs vieux jours. La croissance économique compenserait la régression démographique. Du moins, le croyaient-ils.

Or, le magot boursier sur lequel ils avaient compté venait brusquement de fondre comme neige au soleil. Dégrisés, ils prirent conscience que le temps avait passé. Sur leurs tempes des cheveux blancs avaient poussé. Si agiles jadis sur les claviers, leurs doigts s'étaient engourdis. Plus souvent qu'ils n'auraient souhaité, ils devaient chercher leurs mots. Leurs vessies comme leurs verges marquaient les premiers signes de faiblesse. Fauchés et amoindris, ils virent approcher l'instant d'une retraite qu'ils avaient rêvée fastueuse et qui, selon toute probabilité, se révélerait misérable. Or, s'il y avait une chose au monde qu'ils redoutaient plus que de vieillir, c'était de vieillir pauvres. Ils se jetèrent sur l'Eternity Rush comme un noyé sur la première branche flottant à sa portée : avec l'énergie du désespoir.

Plus que quiconque, ils avaient besoin d'y croire : investisseurs, ils en attendaient le rétablissement de leur épargne ; futurs retraités, le redressement de leurs fonds de pension ; bientôt vieux, l'arrêt de leur déclin physique et intellectuel. Confrontée à la même échéance, la génération de leurs pères s'était remise à croire en Dieu. La leur, avec une égale ferveur, croirait en la technologie. À défaut de vie éternelle, elle leur donnerait de quitter ce monde comme ils se l'étaient toujours promis : jeunes, beaux et riches.

Non qu'ils se fissent beaucoup d'illusions : tiré vers le haut par l'Eternity Rush, le marché – ils avaient suffisamment payé pour le savoir – ne manquerait pas de se retourner un jour. L'essentiel était de savoir vendre à temps, juste avant le point d'inflexion fatal. Mais cette fois, instruits comme ils l'étaient des leçons de la bulle Internet, ils ne se laisseraient plus surprendre. Oublieux de leurs égarements précédents, ils replongèrent donc dans le suivant avec d'autant plus de frénésie qu'ils avaient eu chaud et que le temps désormais leur était compté. Ils étaient à l'âge où, détenant tous les leviers de commande politiques, économiques et médiatiques, l'on décide souverainement du cours des choses pour les autres générations. C'est donc le plus démocratiquement du monde qu'ils entraînèrent les plus jeunes vers le gouffre.

Sur cette litière féconde, des myriades d'entreprises nouvelles avaient alors bourgeonné, attirant des montagnes de dollars, à la mesure de l'avidité des baby-boomers et de l'angoisse qu'ils cherchaient à conjurer. Toutes se vantaient d'être sur la trace du Saint-Graal, du gène qui..., de l'hormone que..., de l'enzyme dont... Il suffisait que trois blancs-becs fraîchement sortis de leur fac de biologie fassent savoir qu'ils entrevoyaient une piste pour qu'aussitôt les venture capitalists à l'affût dégainassent leurs carnets de chèques. Plus les candidats entrepreneurs étaient inexpérimentés et leurs idées confuses, plus le chèque comportait de zéros. Inquiètes de voir filer vers d'autres les financements dont elles avaient grand besoin, les multinationales emboîtèrent le pas et bientôt rivalisèrent d'effets d'annonce. La défaite du cancer était pour demain, celle de la maladie d'Alzheimer pour le mois prochain et l'année ne finirait pas sans que l'on ait éradiqué la mort elle-même.

Propulsées par ces fortes assurances, les valeurs technologiques avaient troué la stratosphère. Des millions d'actionnaires, bluffés par l'accroissement spectaculaire de leur portefeuille, s'étaient soudain crus riches et s'étaient mis à dépenser à proportion. Feignant d'oublier ce que ces nouveaux millionnaires avaient de virtuel, et ce qu'avait de nominal la valeur des titres qu'ils apportaient en garantie, les banques les avaient poussés à emprunter, comme on pousse à boire l'alcoolique qui ne demande pas mieux que de succomber. Convaincus que leurs paquets d'actions gonfleraient toujours plus vite que leurs découverts, ils s'étaient endettés, pour acheter une maison ou un appartement, pour financer les études de leurs enfants, pour partir bronzer sous les tropiques, ou pour acquérir davantage encore de ce papier miraculeux qui n'en finissait pas de s'apprécier...

Tout le monde en avait profité. Au premier rang, bien sûr, les capitaines d'industrie qui avaient lancé le mythe, les ignorants bonimenteurs qui, à longueur de talk-shows flagorneurs et d'éditoriaux encenseurs, les avaient statufiés, les financiers qui avaient capté pour eux l'épargne du public, les avocats qui avaient donné un air légal à leurs combines, les comptables qui avaient maquillé leurs fraudes, les parlementaires qui les avaient rendues possibles, les fonctionnaires qui n'avaient pas voulu les déceler, bref, tous ceux qui les avaient aidés à amasser leur fortune, mais aussi tous ceux qui les avaient aidés à la dissiper, ceux qui leur avaient vendu leurs demeures et ceux qui les avaient décorées, ceux qui les avaient régalés dans leurs restaurants et abreuvés dans leurs bars, ceux qui avaient donné à leurs dents cet éclat de carnassiers, à leurs silhouettes cette ligne, à leur teint ce hâle, ceux qui avaient bichonné leurs limousines ou tondu leurs pelouses, ceux qui les avaient aidés à dissimuler leurs revenus ou leur alopécie, leurs assistantes et leurs chauffeurs, leurs femmes de ménage et leurs nounous, leurs fleuristes et leurs bouchers, leurs dealers et leurs maquereaux, leurs poules et leurs gigolos.

Au plus fort de l'insouciance, alors que déjà toutes les conditions du désastre étaient réunies, les fabricants de berlines allemandes et de montres de luxe suisses s'essoufflaient à étancher la soif de reconnaissance de ces nouveaux riches, qui n'hésitaient pas à laisser chaque soir des fortunes sur les tables à la mode, à payer mille dollars une bouteille de margaux, dix mille un costume griffé et cent mille un *home theater* dernier cri.

Jusqu'à ce fameux Mardi Noir où, sur une simple dépêche de l'agence Reuters, le château de cartes s'effondra. En quelques lignes, le laboratoire Genetech, étoile de première grandeur au firmament de l'Eternity Rush, reconnaissait que les résultats de ses essais cliniques avaient été truqués pour faire croire en des progrès qui n'existaient pas. La déroute annoncée de la maladie était remise à une date indéterminée. La mort avait encore de beaux jours devant elle.

En une seule séance, ce jour-là, Wall Street perdit 18 %. Paniqués, les investisseurs se mirent à vendre, amorçant une spirale descendante qui devait précipiter la planète entière aux enfers. Des rumeurs se mirent à circuler : les bilans triomphaux des stars de l'Eternity Rush étaient truqués ; les cabinets d'audit et les banques étaient complices ; les autorités savaient mais, enlisées jusqu'au cou dans les conflits d'intérêts, n'avaient rien fait ; d'autres mauvaises nouvelles allaient suivre. Le doute, ce cancer des marchés, se répandit et, de proche en proche, ses métastases gagnèrent jusqu'aux valeurs les plus saines. Deux mois plus tard, le Dow Jones avait fondu des neuf dixièmes. L'Eternity Rush révélait son véritable visage, celui d'une gigantesque pompe conçue pour refouler les liquidités des niais vers les comptes off-shore de happy fews hors d'atteinte.

Pour faire face à leurs dettes, les ex-nouveaux riches cherchèrent en catastrophe à liquider les évanescents symboles de leur réussite : les avenues chic de Paris, Milan, Barcelone et Berlin se festonnèrent de Ferrari, Porsche et autres BMW « à céder d'urgence à n'importe quel prix » mais qui, même à ce prix, ne trouvaient pas preneur, tandis que sur les trottoirs leurs propriétaires, encore parés de leurs affriolants trois-pièces Cerruti, bradaient pour une bouchée de pain Rolex, Patek ou Blancpain qui naguère auraient suffi à nourrir leur famille une année entière. Dans un ultime sursaut avant leur propre noyade, les banques saisirent brutalement les gages désormais sans valeur de leurs clients défaillants, qui du jour au lendemain se retrouvèrent sans toit. Les parcs et jardins publics se couvrirent de bidonvilles de cagettes, de cartons et de toiles cirées, où des gamins qui la veille encore déclamaient Racine, Goethe ou Shakespeare dans les institutions des beaux quartiers se battaient pour un bol d'eau chaude et trois morceaux de sucre. Dans le monde entier, des millions de cadres et d'entrepreneurs prirent soudain conscience d'avoir vécu à une BMW de la rue et à une Rolex de la soupe populaire.

Parmi ses innombrables victimes de tous âges et de toutes conditions, il en était que le Mardi Noir avait châtiées avec une particulière cruauté : ces joueurs de pipeau qui avaient conduit la sarabande fatale et qu'on appelait désormais, avec un brin de dérision teintée de ressentiment, les papy-boomers. Non content en effet de réduire à néant leur épargne personnelle – qu'à 60 ans passés ils n'avaient désormais plus la moindre chance de reconstituer –, le krach avait provoqué la faillite de leurs fonds de pension, dont les gestionnaires – cédant comme tout un chacun à l'euphorie ambiante – avaient, tels de vulgaires agioteurs, joué sur l'Eternity Rush l'essentiel des capitaux qui leur avaient été confiés. Au moment précis où des dizaines de millions de papy-boomers se résignaient à faire valoir leurs maigres droits à la retraite, il n'y avait plus un sou vaillant en caisse.

Devant le péril que représentaient ces hordes de sexagénaires désespérés, l'Union fut forcée d'agir. Car si, en tant que consommateurs, ils ne valaient plus rien, et en tant qu'émeutiers pas davantage, en leur qualité d'électeurs ils pouvaient en revanche causer quelques dégâts. On légiféra.

C'est ainsi que la loi dite « de délocalisation du troisième âge » avait vu le jour et que Jonathan s'était retrouvé dans ce train.

— ... sieur ?

Jonathan sursauta.

— Monsieur ? répétait la silhouette.

Pas de doute, c'était bien à lui qu'elle s'adressait.

— Je vous demande pardon ? articula-t-il machinalement pour se donner le temps de recouvrer ses esprits.

— Faites-nous donc le plaisir de vous joindre à nous pour le dîner...

Dîner ? Mais quelle heure était-il ?

— Vous n'avez pas entendu l'annonce ?

C'était dame Vuitton, très à l'aise dans son nouveau rôle de maîtresse de maison.

— Où diable sommes-nous ?

— Nous venons de quitter Munich.

— Pardonnez-moi, fit-il, confus. Je ne sais ce que j'ai. Ces derniers temps, je m'assoupis à tout bout de champ.

— L'âge, mon bon monsieur ! Mon époux est comme vous. Dès qu'il peut, il roupille.

Puis, interpellant d'un ton sans réplique un type qui pianotait sur son *laptop* en face d'elle :

— Ça ne vous ferait rien de céder un moment votre place à monsieur ? lui demanda-t-elle tout en clignant de l'œil vers Jonathan, comme pour lui dire : « Avez-vous vu comme je m'en suis débarrassée ? »

Tandis que l'expulsé, humilié, s'exécutait, Jonathan s'étonnait : rien dans sa mise n'aurait dû en principe le distinguer du pauvre hère dont il prenait la place à la table des élus. Pourtant, ils l'avaient sans hésiter reconnu pour un des leurs, un ancien nouveau riche.

— Venez que je vous présente, monsieur...

— Bronstein. Jonathan Bronstein.

— Eh bien, Jon – vous permettez que je vous appelle Jon ? Après tout, ne formons-nous pas à présent une sorte de famille ? Moi, c'est Nadège et voici mon époux, Bob. Une amie va nous rejoindre tout à l'heure. En attendant, si nous faisions un peu connaissance ?

Tout en serrant la main sèche et nerveuse de Bob, il se demanda comment il allait se sortir de cette épreuve. Car il n'était pas dupe : il n'y avait nulle amitié dans l'attention empressée dont il faisait soudain l'objet, seulement l'urgente nécessité de le jauger, en vue de lui attribuer un rang adéquat dans la hiérarchie qui s'était mise en place au sein du clan Vuitton tandis qu'il sommeillait.

— J'étais partner d'un important fonds de capital-risque, commença Bob...

— Venture capitalist, si vous préférez, le coupa son épouse. Vous savez, ces soi-disant aventuriers du capital qui ne risquaient jamais que les capitaux d'autrui !

— Vous dites n'importe quoi, protesta l'intéressé, piqué au vif.

— N'importe quoi ? Alors, dites-moi, où sont-ils, vos capitaux ? Dans ces valises, peut-être ? répliqua-t-elle avec aigreur en désignant les bagages.

— Nous n'allons pas revenir là-dessus. Vous savez fort bien ce qui s'est passé. Je suis certain que monsieur Bronstein me comprend, lui.

L'air compatissant, Jonathan fit signe que oui. Le Mardi Noir, bien sûr, l'excuse providentielle de toute une génération d'entrepreneurs sans idées, managers sans talent, dirigeants sans jugement, stratèges sans vision, qu'elle dispensait fort à propos de s'interroger sur les raisons de leur faillite. Sans cette opportune catastrophe, Bob et ses semblables n'auraient été, au regard de la postérité, que de dérisoires losers. Grâce à elle, ils accédaient, aux côtés des blessés de guerre, des rescapés de révolutions et autres spoliés de décolonisations, à la noblesse tragique des Victimes de l'Histoire.

Nadège, quant à elle, n'avait jamais été dans l'obligation de travailler pour vivre. « Ça tombe bien, plaisantait-elle. Je ne sais rien faire. » Elle avouait sans vergogne n'avoir épousé Bob que pour sa situation, qui lui permettait précisément de ne faire que cela – rien –, et surtout pour son appartement de quatre cents mètres carrés rue Bonaparte. « Vous comprenez, jamais je n'aurais pu vivre ailleurs que dans mon Saint-Germain-des-Prés natââl. » Hormis ses pèlerinages annuels à Saint-Bâârt', Gstââd et Mâârtha's Vineyââârd, l'essentiel de son existence, tenait-elle à faire savoir, s'était écoulé entre le Bon Marché, Saint-Sulpice et les Deux Magots.

— En d'autres temps, ricana Bob, bien décidé à lui rendre la monnaie de sa pièce, mon épouse eût été dame d'œuvres, occupant ses loisirs à accoutrer de tricots ridicules les pauvres de la paroisse.

— Tandis qu'à présent, j'ai mon pauvre à domicile, rétorqua Nadège, qui ne semblait pas avoir digéré le mortifiant exode dans une HLM de banlieue auquel l'avait condamnée l'impéritie de son mari, et moins encore le crucifiant emploi de négociatrice en immobilier qu'elle avait été forcée de prendre pour subvenir aux besoins du ménage jusqu'au départ de ce train.

Amusé, Jonathan observait les passes d'armes de ces étranges duellistes, déconcerté par ce mélange d'authentique complicité et de volonté de se contredire, de se déprécier, voire de s'humilier mutuellement. Le Mardi Noir avait déchiré bien des couples et nombre d'entre eux, après s'être couverts de reproches sur le thème « je t'avais bien dit de te méfier... de diversifier tes placements... de vendre quand il était encore temps... », avaient fini par se séparer. Bob et Nadège, quant à eux, semblaient avoir trouvé un stratagème pour continuer à vivre ensemble, en dépit de leurs griefs, de leurs travers et de leurs ridicules : en réglant leur contentieux à tempérament, en menue monnaie, ils évitaient d'avoir un jour à en exiger le paiement en grosses coupures, intérêts, principal et arriérés inclus.

— Que fait-elle donc ? demanda brusquement Bob, désireux de couper court à une discussion qui tournait manifestement à son préjudice.

Renonçant à pousser son avantage, Nadège enchaîna :

— Avez-vous déjà fait sa connaissance, Jon ? Cette femme chinoise encore très belle, vous savez...

Jonathan encaissa le choc.

— Une Chinoise, vraiment ? dit-il du ton le plus indifférent qu'il pût affecter.

Car il le pressentait, cette nouvelle venue lui confisquerait une part essentielle de son sex-appeal. Si, jusqu'à nouvel ordre, il restait bien l'unique médecin de ce train, il n'était plus seul à pouvoir se prévaloir d'une expertise du pays où ils se rendaient...

— Elle s'appelle Xiao Rong, mais on doit prononcer « Siao Jong ». Je suis sûre qu'elle vous plaira. Elle est très pudique, très digne, comme toutes les femmes de sa race...

— Encore un de vos clichés, persifla Bob.

— ... quelque chose me dit qu'elle a dû beaucoup souffr...

— Mais voici celle que nous attendions, l'interrompit Bob en se levant.

— Ah, *Sssiaaaô Jong*, fit Nadège sans se laisser démonter, justement nous parlions de vous. Venez, très chère, que je vous présente notre invité.

En échangeant avec elle les banalités d'usage, Jonathan se demanda comment il avait pu ne pas la remarquer jusqu'ici. Avec son interminable cou de cygne, l'ovale parfait de son visage, les amandes effilées de ses yeux, elle avait la sobre splendeur d'un Modigliani. D'où pouvait bien venir pareille perle ? Elle possédait à la fois le port altier des Mandchoues, l'éclat des femmes de Fuzhou et cette élocution un rien précieuse des gens de Pékin qui, partout en Chine, trahit plus sûrement l'appartenance de classe que l'origine ethnique. Une artiste ou une intellectuelle, oisive en tout cas, comme le confirmaient les stylets rouges prolongeant chacun de ses doigts, presque aussi longs que ceux par lesquels les femmes nobles de l'ancien régime signalaient à tout un chacun qu'elles étaient par naissance exemptes de toute sujétion manuelle.

— Mais venons-en à vous à présent, Jon, lâcha enfin Nadège, impatiente. Nous mourions d'envie de vous connaître.

— Eh bien, répondit Jonathan en faisant contre mauvaise fortune bon cœur, par quoi voulez-vous que je commence ?

— Par ce tokay, dit-elle en riant un rien trop fort, tandis que son époux sans un mot emplissait son verre.

Va falloir jouer serré, se dit Jonathan. Ce duo est redoutable. On va bientôt savoir ce que vaut l'histoire mitonnée en prévision de ce test.

Tout n'était pas inavouable dans sa vie. Mais ses années de geôle creusaient dans son CV un trou béant. De surcroît, il ne pouvait se prévaloir de ce dont il était le plus fier – cette clinique de Neuilly créée à l'âge de 35 ans alors qu'il n'avait pas le premier sou en poche – sans risquer des questions embarrassantes sur les raisons de sa déconfiture. Le scandale avait défrayé la chronique et, même un quart de siècle après, il n'était pas impossible qu'il se trouvât parmi eux quelqu'un pour s'en souvenir.

Entre la tarte à l'oignon et les *Wienerschnitzel*, il leur servit donc la version politiquement correcte de sa biographie. Lorsqu'ils en furent au *Streussel*, ils l'appelaient Docteur et, au café, se félicitaient qu'il fût en outre si fin connaisseur du pays où allaient s'écouler leurs vieux jours.

On entrait en gare de Vienne.

La faune bigarrée qui encombrait le terminal Centre-Europe du réseau transeuropéen à grande vitesse lui conférait un air de caravansérail. Ouzbeks, Tchétchènes, Ingouches, Tadjiks, Kirghiz, Kazakhs, Ouïgours, Mandchous, Chinois du Yunnan, du Hubei et du Guangxi... tous les peuples d'Asie semblaient s'être donné rendez-vous sur ces quais. Telles des troupes fraîches montant en ligne, des nations entières prenaient d'assaut les TGV en partance pour Paris, Londres, Bruxelles ou Berlin. Hommes jeunes et déterminés, femmes énergiques, adolescents aux gestes nerveux et au regard brillant, avec leur métier pour seul bagage, et qui bientôt ranimeraient de leurs talents neufs et de leurs volontés intactes la languissante Europe.

« La relève... », murmura Jonathan malgré lui. Garde montante contre garde descendante. Ou plutôt, songea-t-il en bon médecin, une exsanguino-transfusion. Dans cette gare futuriste, l'Occident vieillissant échangeait son sang usé contre celui bouillonnant des Asiates.

Au plus fort de l'Eternity Rush, les maigres et déclinantes populations occidentales n'avaient plus suffi aux besoins d'une production surchauffée : après avoir si longtemps refoulé les étrangers, on avait dû leur dérouler le tapis rouge. Chaque année, des millions d'immigrés – pour l'essentiel issus de l'inépuisable réservoir de main-d'œuvre asiatique – avaient ainsi été accueillis en Union européenne. Tout le monde y avait gagné : l'industrie qui trouvait les travailleurs éduqués et les consommateurs avides dont elle avait besoin, les États qui enregistraient des excédents records d'impôts et de cotisations sociales, et les baby-boomers qui, par conséquent, n'avaient plus de souci à se faire pour leurs vieux jours.

Souvent qualifiés, parfois diplômés, toujours motivés et entreprenants, les nouveaux arrivants avaient petit à petit occupé les espaces professionnels, sociaux et culturels laissés vacants par les autochtones vieillissants. Tout à fait légitimement, ils s'étaient mis à revendiquer des droits politiques à raison de leur contribution à la prospérité commune, droits qu'il avait bien fallu, à contrecœur, leur concéder.

Lorsque survint le Mardi Noir, cent soixante millions de ces nouveaux citoyens disposant du droit de vote et bien décidés à s'en servir vivaient ainsi en Europe, de loin la force politique la plus active et la plus influente de l'Union.

— Quand je pense, s'exclama Nadège qui ne faisait jamais mystère de ses convictions, aux millions d'enfants dont nous n'avons pas voulu !

— Où est le rapport ? s'insurgea son mari.

— Les voilà, ces enfants ! s'écria-t-elle avec véhémence en désignant la foule d'un doigt accusateur. Tous ces... métèques que nous sommes forcés de faire venir !

— Mais qu'est-ce que vous leur reprochez, à la fin ? s'emporta Bob. Leurs impôts vont payer nos retraites !

— Nos enfants aussi les auraient payées, aboya-t-elle. Et ils ne nous auraient pas exilés, eux !

— Toujours vos grands mots !

— Ah oui ? Et qu'est-ce que c'est, Clifford Estates, selon vous ?

— Un compromis intelligent, qui nous procure un train de vie acceptable sans pour autant les ruiner, voilà ce que c'est !

Un compromis intelligent... C'était l'argument officiel, maintes fois seriné lors de la campagne qui avait précédé le vote de la Loi de délocalisation du troisième âge. À prestations égales, le coût de la vie était six fois moins élevé en Chine. Y expédier les retraités permettait de leur offrir une fin de vie décente, à moindres frais pour la collectivité. Les intéressés avaient bien tenté de protester, jetant tout leur poids dans la bataille pour éviter ce que les plus virulents n'hésitaient pas à qualifier de déportation. Mais les objecteurs n'étaient pas les payeurs, et les payeurs étaient cent soixante millions, bien résolus à ne pas se laisser vampiriser par cette génération à qui ils ne devaient rien. L'objet de leur solidarité n'était pas dans les grises banlieues des métropoles européennes, mais quelque part entre les vertes collines du Sichuan et les plaines limoneuses du fleuve Jaune. En approuvant massivement, au plus fort de la récession, la Loi de délocalisation du troisième âge, la garde montante sauvait la mise aux papy-boomers tout en préservant ses propres chances de s'en sortir...

La Loi concédait à six opérateurs privés la gestion pleine et entière des pensions sur tout le territoire de l'Union. En contrepartie d'un capital proportionnel au nombre de retraités pris en charge – dont le montant *per capita*, forfaitaire et non révisable pendant toute la durée de la concession, avait été déterminé par appels d'offres –, elle leur faisait obligation d'accueillir dans leurs établissements, pour le restant de ses jours, tout citoyen ayant atteint l'âge légal. Les Concessionnaires s'engageaient à respecter un cahier des charges, élaboré en concertation avec les syndicats, énonçant de manière très détaillée les normes à respecter en matière de confort hôtelier, de restauration, de loisirs, de prise en charge médicale et même d'obsèques, mais ne stipulant rien quant au lieu d'exécution du contrat. Nul ne fut dupe : si peu d'argent ne pouvait payer autant de prestations, du moins dans les conditions économiques prévalant au sein de l'Union. Les retraités devraient accepter de s'expatrier sous des cieux plus favorables. Très vite, les commentateurs baptisèrent ce projet « Loi de délocalisation du troisième âge ».

Au prix d'un versement unique en capital, financé par un emprunt d'État, l'Union transférait ainsi au secteur privé l'ensemble de ses obligations à l'égard des papy-boomers, se débarrassant à bon compte du risque budgétaire lié à l'accroissement de leur espérance de vie et au dérapage de leurs dépenses de santé. Les Concessionnaires, quant à eux – des consortiums internationaux alliant la crème des banques et des assurances aux géants de l'hôtellerie et aux grands trusts pharmaceutiques – se targuaient de rentabiliser l'affaire grâce à leur savoir-faire financier et managérial. Eux seuls, prétendaient-ils, sauraient tirer profit des avantages conjugués de la productivité, des économies d'échelle et de la délocalisation.

Les éclats de la dispute entre Bob et Nadège avaient rameuté les autres voyageurs. Chacun tenait à donner son avis.

— Vous trouvez ça normal, qu'on nous chasse de chez nous comme des malpropres ? Moi, j'étais dans le BTP. Ce continent, je l'ai construit. Le tunnel sous la Manche, c'est moi. Le pont Vasco de Gama, c'est encore moi. Ce TGV, c'est toujours moi. Je me suis cassé le dos, des copains à moi ont crevé, pour que tout ça sorte du sol. Et maintenant, on me dit : « Tu gênes, fous le camp ! » J'appelle ça une expropriation.

— Que voulez-vous, nota un ex-DRH, ils ont commencé par déménager leurs usines et maintenant ils exilent leurs anciens salariés...

— Ça doit être ça qu'ils avaient en tête quand ils préconisaient une plus grande « mobilité » des travailleurs, railla une ancienne pigiste. Nous obliger à errer, comme des nomades, de pâture en pâture, un jour ici, le lendemain ailleurs, au gré des circonstances.

— Mourir au pays, résuma un vieil enfant de pub qui n'avait pas perdu le sens de la formule, c'est devenu un luxe.

— Comme de se loger au centre-ville, approuva la fatma multipare. J'habitais rue de la Grange-aux-Belles, dans le dixième. C'était petit, vétuste, mais au moins, je n'avais pas à faire des heures de RER pour aller au boulot. Quand ils ont décidé d'en faire un quartier chic, ils m'ont expulsée à Grigny avec mes onze gosses. À présent ils me déportent en Chine. Un jour, s'ils peuvent, ils m'éjecteront de la planète !

Ils disaient « ils » faute de savoir qui incriminer : ceux dont la faillite avait rendu leur départ nécessaire ? Ceux qui l'avaient décidé ? Ou ceux qui avaient eu les moyens de rester ? En fait, ils disaient « ils » pour tous ceux qui n'étaient pas avec eux dans ce train.

Mais en dépit de cette belle unanimité, tous n'étaient pas d'accord.

— Mon épouse et moi aurions bien sûr préféré rester, dit l'ancien antiquaire. Mais nous trouvons normal de ne pas peser davantage sur les épaules de nos jeunes. La vie est déjà assez dure pour eux comme ça, avec le chômage, l'inflation, les privations de toutes sortes.

— *Nos* jeunes ? éructa Nadège. *Nos* jeunes, ces Tartares ?

— Eux aussi, répliqua le vieil homme calmement. Jaunes, noirs ou blancs, ils sont tous nos jeunes. Et il faut leur donner une chance de faire leur vie comme nous avons pu faire la nôtre.

— Après tout, approuva son épouse, s'ils se trouvent dans cette situation, c'est un peu notre faute.

— L'autoflagellation, à présent, railla Nadège.

— Ce monde, poursuivit la vieille dame sans se laisser démonter, vous ne pouvez pas nier que nous l'avons reçu de nos parents en bien meilleur état que nous ne le...

— Prière de laisser cet endroit aussi propre que

vous désireriez le trouver en entrant ! s'esclaffa la virago hors d'elle. Morale de chiottes, passez-moi l'expression !

La violence de la sortie les laissa quelque temps pantois.

— Enfin, de quoi nous plaignons-nous ? se décida enfin une ancienne décoratrice en brandissant la somptueuse brochure de Clifford Estates. Même avant le Mardi Noir, la plupart d'entre nous n'auraient pu rêver de ça !

— C'est vrai, s'enthousiasma un vétéran du syndicalisme. Vous verrez, cette loi restera dans l'Histoire comme une percée sociale fantastique – aussi importante que les congés payés – tout à fait conforme à la tradition chrétienne et humaniste de notre bonne vieille Europe.

— Pour moi, renchérit un ancien prof, j'y vois même la preuve définitive de la supériorité du modèle de développement européen, qui a toujours cherché à concilier dynamisme économique et solidarité sociale. Voyez les États-Unis, où les vieux travaillent jusqu'à 70, 80 ans puis crèvent en silence dans les caves...

— Je regrette, protesta l'ancien du BTP, mais ce n'est pas un cadeau. C'est même le moins qu'ils nous devaient ! J'ai cotisé toute ma vie pour ma retraite, moi.

— De toute façon, trancha Bob que le tour de la conversation commençait à exaspérer, nous n'avions pas le choix.

Comme les autres, nota Jonathan, l'ex-financier disait « nous » : en nivelant leurs espérances, le Mardi Noir avait noué, par-delà leurs différences, d'improbables solidarités. Son rappel cynique de la réalité mit fin à la discussion. Ouvriers ou commerçants, professions libérales ou cadres supérieurs, fonctionnaires ou entrepreneurs, s'ils étaient ici, c'était qu'ils n'avaient pu faire autrement. Certes, ils auraient pu en principe renoncer au bénéfice de la Loi, mais ils auraient alors dû se débrouiller avec le montant du capital négocié entre l'Union et ses Concessionnaires, versé en une seule fois, au moment de la liquidation de leurs droits, pour solde de tout compte. Leur calcul avait été vite fait : entre le loyer, la nourriture, les vêtements, les loisirs, et surtout les soins, de plus en plus onéreux à mesure qu'ils avançaient en âge, il leur aurait été impossible de joindre les deux bouts. Leur choix s'était donc limité à celui de leur futur taulier : peu après l'attribution des concessions, ils avaient été la cible de campagnes de marketing grand style, avec spots télévisés, démarchage à domicile et brochures sur papier couché, destinées à recueillir leur candidature à un aller simple pour la Chine.

Entre ceux qui hésitaient encore, ceux qui contre toute évidence espéraient une reprise prochaine de la croissance, ceux qui attendaient pour se décider d'avoir mangé leur dernier quignon de pain, ceux qui préféraient crever de faim et de froid dans un squat plutôt que de s'exiler, on estimait à près de cent millions le nombre de vieillards européens qui, un jour où l'autre, se résigneraient à entreprendre cet exode. Dans le nord-est quasi désertique de la Chine, deux mille « villages de retraite » semblables à Clifford Estates sortirent de terre pour les recueillir.

Le plus grand déplacement concerté de populations de l'histoire de l'humanité pouvait commencer.

Le train surfait dans la nuit comme sur de la poudreuse fraîche. Soûlé d'eau-de-vie et de paroles fortes, Jonathan s'apprêtait à rejoindre son siège quand une ombre derrière lui l'interpella.

— On s'en grille une ?

C'était le pauvre diable que Nadège avait expulsé sans ménagement de sa table.

— Désolé, je ne fume pas, dit Jonathan en regrettant aussitôt sa réponse... Mais c'est avec plaisir que je vous accompagnerai, s'empressa-t-il de corriger. J'ai grand besoin de me dégourdir les jambes.

Ils trouvèrent plus loin une voiture fumeurs dont les occupants, calfeutrés tous rideaux tirés dans leurs compartiments, avaient déserté le couloir.

— Je suis désolé pour tout à l'heure, dit Jonathan. J'aurais dû refuser.

— Ce n'est rien, le rassura le type. De toute façon, je n'avais pas faim. Ce genre de personnage me coupe l'appétit...

Il voulait dire Nadège et son clan.

— ... ils me rappellent trop de mauvais souvenirs.

Jonathan sourit. Il savait que les confidences ne se feraient plus attendre. De fait, douce tout d'abord, la voix prit un rythme heurté, à mesure que resurgissaient les émotions.

Benoît avait été informaticien, de la caste des ingénieurs réseaux, ces vestales sourcilleuses veillant jour et nuit au bon fonctionnement du Net. Les ans avaient exacerbé chez ce grand dadais au visage ingrat le naturel taciturne, limite asocial, qui était aux gens de sa confrérie ce que le label AOC était aux fromages et aux vins : une garantie de qualité. L'air chafouin, le regard inquiet, toujours sur ses gardes, il donnait l'impression d'un chien battu cherchant à deviner d'où viendrait le prochain coup.

À quel degré de souffrance est donc parvenu ce type pour se livrer ainsi à un inconnu ? se demanda Jonathan en l'écoutant égrener ses griefs. Benoît avait pourtant fait partie des enfants chéris de sa génération, de cette élite que le siècle n'était pas censé décevoir. À sa sortie de Centrale, courtisé par les chasseurs de têtes, fêté par les DRH des plus prestigieuses transnationales, il avait préféré l'aventure de la création d'entreprise à la sécurité d'une carrière. Avec deux de ses condisciples, il avait jeté quelques idées sur le papier, « cinq pages griffonnées à la va-vite sur un coin de table », un algorithme dont ils avaient eu l'intuition pendant leurs amphis, censé – pour ce que Jonathan en avait compris – accélérer de manière phénoménale l'écoulement des données dans les réseaux de télécommunication. « Un progrès fantastique pour les opérateurs, qui auraient pu transporter cent fois plus d'informations sans changer la tuyauterie », s'enthousiasmait-il encore trente ans après. Lorsque la rumeur de l'existence de ce projet s'était répandue sur la place, ç'avait été la foire d'empoigne. « On se l'arrachait. Mon mobile sonnait sans arrêt. Des venture capitalists, soi-disant. On ne savait même pas ce que c'était ! » Par une étrange transmutation sur laquelle Benoît s'interrogeait encore, le brouillon improvisé entre deux Kro venait d'accéder à la dignité de business plan, de papier convertible en or.

Bienheureuses années 1990, si propices aux entrepreneurs et aventuriers de tout poil ! L'hystérie Internet était à son comble. Les sociétés de venture capital, qui se spécialisaient dans la collecte de capitaux et leur placement dans de jeunes entreprises « à fort potentiel de croissance » – les fameuses start-up –, affichaient des profits époustouflants, centuplant leur mise entre le moment où elles acquéraient les actions de l'heureuse élue et celui où elles les refourguaient au public, lors de la fameuse introduction en bourse – ou comme il convenait de dire alors, *Initial Public Offering* –, moment féerique où ces faussaires troquaient en toute légalité leur monnaie de singe contre l'or fin des gogos.

À peine sortis de leur école, Benoît et ses copains s'étaient ainsi trouvés à la tête d'une société au capital de vingt millions, qui avait été porté, après l'IPO, à trois cent quarante millions.

— Au plus fort de notre activité, on brûlait un méga par semaine ! se rengorgea-t-il avec une fierté touchante.

Las ! Cinq ans plus tard, alors que la mise au point du logiciel miraculeux avait déjà épuisé trois cents ingénieurs et autant de mégas d'argent frais, sans pour autant approcher de l'état où l'on aurait pu commencer à envisager de le vendre, la baudruche Internet s'était dégonflée.

— On était vraiment à deux doigts de réussir... Il s'en est fallu de quelques mois ! Mais plus personne ne voulait entendre parler de dot-com ni de start-up. On nous fuyait comme la peste.

Vaincus par le calendrier, ils avaient été contraints de déposer le bilan. À trente ans, Benoît s'était retrouvé comme au sortir de l'École : sans un sou vaillant, mais sans angoisse non plus. N'était-il pas centralien ? Et surtout, n'avait-il pas dans cette aventure fait preuve d'initiative, de sens des responsabilités, d'engagement personnel, de créativité ? Nul doute que les prestigieuses multinationales, qui à la fin de ses études lui avaient proposé des ponts d'or, l'accueilleraient à bras ouverts. C'était mal les connaître. De son expérience, elles ne voulurent retenir que l'échec. Ce n'est qu'après être parvenu à se faire embaucher par l'une d'elles – Transgenix, locomotive de l'Eternity Rush – qu'il avait compris qu'initiative, responsabilité, engagement et créativité, loin d'y être considérés comme des qualités, constituaient en réalité des vices rédhibitoires qu'il convenait de réprimer sans faiblesse dès leur première manifestation. Benoît apprenait vite. Il s'était donc appliqué à gommer ces importuns défauts de jeunesse et à ne plus se distinguer en rien. S'était alors amorcée une fulgurante carrière qui devait le conduire au grade « tout honorifique et qui n'impressionnait guère que nos clients nègres ou asiatiques » de vice-président, et aux fonctions, bien réelles celles-là, de *chief technology officer*, ou plus prosaïquement, de directeur de l'informatique et des télécommunications.

Lorsqu'il avait été promu à ces fonctions, Benoît s'était vu offrir un confortable paquet de stock-options. Ce système d'intéressement à la croissance de la valeur boursière des entreprises était alors très populaire – si l'on ose dire – parmi les cadres supérieurs et dirigeants. Il leur allouait le droit d'acquérir, après un délai de décence, un certain nombre d'actions de leur société à un prix convenu à l'avance. Si au terme de ce délai, la cote en bourse de l'action était inférieure au prix fixé, le titulaire des options renonçait à son droit et en était quitte pour sa déception. En revanche, si entretemps la valeur boursière de la société s'était appréciée, et que par conséquent la cote de l'action excédait le prix de l'option, son bénéficiaire exerçait son droit et empochait la différence qui, pour les plus chanceux, pouvait représenter le jackpot. De la sorte, croyait-on à l'époque, les allocataires étaient fortement encouragés à faire croître, par tous moyens naturels ou artificiels, licites ou limites, la valeur en Bourse de leur entreprise, pour le plus grand profit des actionnaires auxquels leur sort était organiquement lié. Ce n'est qu'après le Mardi Noir que ces derniers découvrirent, à leurs dépens, que ce système avait davantage incité ses bénéficiaires à la fraude qu'à la performance.

Quand le jour était venu pour Benoît de liquider ses options, il avait jugé raisonnable de ne pas se presser. Tous les indicateurs économiques et boursiers étaient clairs, et les perspectives de sa société plus brillantes que jamais. Le mois suivant – en sa qualité de *chief technology officer* il était bien placé pour le savoir – elle devait annoncer aux analystes financiers le dépôt d'un brevet révolutionnaire qui lui assurerait un quasi-monopole sur son marché. À coup sûr, les analystes, dont c'était le métier, s'enthousiasmeraient, et les investisseurs, dont c'était le tropisme, suivraient. Oui, il était vraiment préférable d'attendre, lui avait confirmé son collègue *chief financial officer*. D'ici un mois, ses options vaudraient le double, peut-être davantage.

— C'était un lundi comme les autres, se souvenait-il, dévasté.

Car le jour suivant devait rester à jamais dans les annales de Wall Street sous le nom infâme de Mardi Noir.

— ... Soixante mégas, se lamentait-il. Je les exerçais lundi, j'empochais soixante mégas ! Le lendemain, elles ne valaient plus rien...

Le calendrier, une fois de plus... À partir de là, il n'allait plus cesser de jouer contre lui.

Après la banqueroute de Transgenix, Benoît s'était mis en quête d'un nouveau gagne-pain. Mais aucun employeur ne voulait d'un pestiféré de l'Eternity Rush pour dirigeant. Il se disait prêt à travailler comme simple exécutant. On lui faisait remarquer que, pendant qu'il jouait les vice-présidents, la technique ne l'avait pas attendu et que comme ingénieur il ne valait plus rien, ce dont il avait fini par se convaincre, après plusieurs tentatives de remise à niveau, qui l'avaient vu hanter congrès, stages et séminaires, avant d'admettre finalement qu'on ne refait pas un ingénieur de 20 ans avec des neurones de 40. Pour survivre il avait dû se résoudre à accepter des jobs toujours moins qualifiés et toujours plus précaires, chacune de ces redditions ternissant davantage un pedigree de moins en moins présentable. Sur la fin, il était encore parvenu à se caser comme *hotliner*, télémarketeur, démarcheur en encyclopédies, électricien au noir, déboucheur de chiottes, répétiteur pour cancres invétérés, aide à domicile pour vieillards cacochymes, manutentionnaire dans un supermarché, jusqu'à ce qu'une chef de rayon à peine nubile jugeât qu'à cinquante ans passés, même placer des yaourts sur des étagères, il n'en était plus digne.

À mesure que Benoît se livrait, Jonathan se sentait plus proche de lui. Une sorte de cadet, qui aurait éprouvé les mêmes joies et les mêmes déceptions, l'ardeur des études, l'enthousiasme pour une idée, la griserie de la création d'entreprise, les nuits passées avec les amis à échafauder un projet, l'énergie investie, à défaut de capitaux, dans son développement, la surprise de la réussite, la considération des bourgeois, l'argent facile, la grande vie... et soudain l'écueil imprévu, le naufrage, les affres de la noyade, l'échouage nu sur un rivage hostile... et quand même, le courage de se relever, les nouveaux succès, l'espoir qui renaît, et le sort qui frappe une seconde fois... puis, la solitude, la lutte toujours plus difficile pour une survie toujours plus aléatoire, les forces qui déclinent, le désir qui s'éteint, et finalement, quand tout semble perdu, que déjà l'on abdique, ce train.

Mais autant Benoît avait toujours été en retard d'un temps sur le calendrier, autant Jonathan l'avait devancé. Il se flattait d'avoir, avant tout le monde, compris l'immense gisement que représentaient les vieux. Non pas ces vieux hébétés et résignés à leur sort que, jeune interne, il réceptionnait les week-ends et jours fériés aux urgences de la Pitié, où leurs enfants venaient les consigner sous un prétexte quelconque avant de partir skier, mais les futurs vieux de sa génération, baby-boomers encore ignorants de leur décrépitude à venir, comme lui actifs, débordant de sève et de rêves, entreprenant, réussissant, accumulant du bien sans complexe sous un soleil qui, croyaient-ils, ne se coucherait jamais. Génération élevée dans le mythe de l'éternelle jeunesse, entretenue dans le culte de l'inaltérable beauté, et qui le moment venu serait prête à tous les sacrifices pour arborer jusqu'au bout cette peau lisse, ce ventre plat, ces seins fermes ou cette queue raide à quoi elle avait fini par s'identifier. Pour conjurer son déclin, cette génération narcissique consumerait jusqu'à totale extinction les fortunes amassées au temps de sa splendeur. Et ce jour-là, Jonathan serait prêt. Aux hackers, traders, managers et autres anciens combattants de la « Nouvelle Économie », il vendrait du teint frais, de la silhouette élancée, de l'articulation souple, du neurone survolté, de l'érection perpétuelle et du sphincter étanche. Et, le moment venu, il leur vendrait encore de l'agonie dans l'euphorie et de la mort dans l'extase.

À partir de la cinquantaine, ces privilégiés entreraient en effet sans le savoir dans un engrenage aussi inéluctable que la mort elle-même : au début, la petite chirurgie de convenance et de confort – liftings, liposculptures, cataractes –, puis des actes plus graves – chirurgie orthopédique, prothèses, prostates – et vers la fin, les gestes vitaux – pontages coronariens, greffes, cancers – et les services lourds les accompagnant. Dans les vingt à trente années qui leur resteraient à vivre chacun d'eux dépenserait plusieurs millions en honoraires médicaux et chirurgicaux, examens biologiques, imagerie, journées d'hospitalisation et traitements divers. L'idée de Jonathan était de faire en sorte qu'ils vinssent les dépenser chez lui plutôt qu'ailleurs, en regroupant en un lieu attractif, plus proche du palace, de la thalasso ou du fitness center que de la clinique, l'ensemble des services dont ils auraient besoin. Bref, à l'heure où Benoît et la plupart de ses contemporains couraient encore après les chimères d'Internet, Jonathan formulait déjà les prémices de ce qui allait devenir, une décennie plus tard, l'Eternity Rush.

Pas plus que Benoît, Jonathan n'avait peiné à séduire les banquiers : le besoin identifié était réel et le marché, certes encore embryonnaire, promis par la démographie à une croissance aussi fulgurante que mécanique. Nul doute, les premiers à prendre pied dans cet eldorado se tailleraient la part du lion. Le concept était d'autant plus alléchant que, non content de voir loin, son promoteur voyait grand. L'établissement qu'il proposait de créer n'était dans son esprit que le prototype d'une chaîne qui bientôt couvrirait l'Europe entière et un jour la totalité du monde solvable. L'audace de la vision acheva de convaincre les investisseurs, avides de placements « à fort potentiel de croissance ». Pour débuter, Jonathan réclamait deux cents « mégas » : entre les apports en capitaux et les prêts bancaires à taux réduits ils lui en offrirent le triple. Un an plus tard, en présence de stars des mondes sportif, artistique, littéraire, médiatique, politique et accessoirement médical, dûment cornaquées par une nuée d'hôtesses, l'Institut médico-chirurgical de prévention et traitement du vieillissement – riche de quinze cabinets de consultation externe, vingt lits de chirurgie, cinquante de médecine, soixante de long séjour et dix de soins palliatifs – ouvrait ses portes dans un hôtel particulier du boulevard du Château à

Neuilly. La décoration était signée Philippe Starck, les uniformes Jean-Paul Gaultier, les petits fours Fauchon. Le lendemain, le sémillant directeur de la « Clinique de l'éternelle jeunesse » faisait ses débuts à la rubrique *people* des magazines, dont il ne décrocherait plus que pour celle, nettement moins reluisante, des faits divers.

Que n'avait-il suivi les conseils du vieil Yitsac ! « Mais non, mon petit, tu n'es pas riche, avait-il ironisé, peu impressionné, après que Jonathan, fier comme Artaban, lui avait fait faire le tour du propriétaire. Tu te crois riche, *Liebschen*, mais tu n'es qu'un pauvre en sursis. Être riche, vois-tu, ce serait de pouvoir vivre sur les intérêts des intérêts des intérêts de ton capital. Ce n'est pas moi qui le dis, mais Elie de Rothschild, un connaisseur. » Et comme Jonathan lui faisait observer que cette clinique permettrait justement cela – accumuler du capital et générer des intérêts – l'inébranlable aïeul avait convoqué un autre expert, Joachim von und zu Thurn und Taxis, dernier descendant d'une dynastie de maîtres de poste du Saint Empire romain germanique qui tenait sa charge de Frédéric Barberousse en personne et selon qui, pour être véritablement à l'abri des caprices de la Nature comme de ceux de l'Histoire, un patrimoine devait se composer aux neuf dixièmes de terres. « Où sont tes terres, Liebschen ? Je ne vois que du papier ! » Des *terres*, s'était gaussé Jonathan, des terres alors que chacun savait que, en Nouvelle Économie, toutes les fortunes s'édifiaient désormais sur des valeurs immatérielles ? Mais là gisait précisément la différence, que seuls pouvaient saisir ceux qui, comme le vieillard, savaient, pour y avoir survécu, ce que catastrophe veut dire. Les Rothschild, les Thurn und Taxis, ne visaient pas le même critère de sécurité, le même horizon de permanence, que les arrivistes s'exhibant bruyamment dans les endroits à la mode. Ils avaient su conserver leur train de vie à travers des siècles de guerres, de révolutions, de krachs boursiers, d'inondations et de tremblements de terre. Les extravagants marquis de la « Nouvelle Économie », eux, n'avaient même pas su préserver le leur pour la seule durée de leur existence, pour ne rien dire de celle de leurs enfants.

— Au moins, avait insisté le vieux sage, achète quelques bijoux, ou plutôt, c'est mieux, des diamants. Ça se cache facilement et ça se négocie partout.

— Des diamants ! avait fait Jonathan en levant les yeux au ciel.

— Si tu n'aimes pas ça, implora l'aïeul, offre-toi au moins une belle montre. En or, le plus lourd c'est le mieux. On ne sait jamais, Liebschen. On ne sait jamais.

Vingt-cinq ans après les événements, Jonathan s'interrogeait encore sur l'enchaînement des circonstances qui l'avaient conduit de l'adulation unanime à l'opprobre universel, de la respectabilité à la délinquance, et lui avaient valu, en sus de la une des quotidiens, trente mois d'emprisonnement et une interdiction à vie d'exercer. Il ne pouvait invoquer ni l'hérédité chargée, ni l'éducation défaillante : de l'ancêtre Schlomo à son père en passant par le brave Yitsac, il n'avait eu sous les yeux que de parfaits exemples de probité, de droiture et d'abnégation. Peu après son incarcération, il avait d'ailleurs appris la disparition de ce grand-père tant aimé, « mort de honte » précisait cruellement la lettre de sa sœur, qui ne lui épargnait aucun détail de ses derniers instants.

Ce n'était pas non plus le goût du lucre. Certes,

comme tout un chacun, il appréciait le confort et la liberté que procurait l'argent. Mais jamais il n'avait cherché à l'accumuler, et quand il manquait il s'en passait fort bien. Au cours des multiples perquisitions effectuées lors de son arrestation, les flics avaient d'ailleurs été étonnés du peu qu'il y avait à saisir. Pourtant, l'argent était bel et bien au cœur du problème.

Chaque fin de trimestre, après avoir signé les gros chèques – cotisations sociales, loyer, échéances des emprunts, impôts, assurances, plusieurs millions chaque fois – le jeune patron de l'Institut médico-chirurgical de prévention et traitement du vieillissement était pris d'angoisse : cette fois encore, il s'en tirait, de justesse. Mais la prochaine ? Il avait trois mois pour faire rentrer la même somme. Y parviendrait-il ? Il évoluait constamment sur le fil du rasoir. Le moindre incident – une dépense imprévue, une baisse momentanée des recettes, un retard de paiement – et il plongeait dans le rouge. Déjà, à plusieurs reprises, il avait été obligé de solliciter des facilités de caisse. Et si son banquier soudain changeait de sentiment ? Le dégonflement de la bulle Internet commençait à avoir un impact sur la consommation de sa riche clientèle, qui de plus en plus souvent différait les soins non prioritaires, comme l'on repousse à des jours meilleurs le remplacement d'une voiture ou la réfection d'un toit.

Mais d'autres créateurs d'entreprises, songeait-il, avaient été confrontés aux mêmes difficultés et n'avaient pas pour autant fini en prison. Benoît, pour ne citer que lui. Pourquoi ne s'était-il pas, comme lui, simplement résigné à l'échec après qu'investisseurs et banquiers avaient refusé d'assumer plus longtemps les risques de l'aventure ? Il lui aurait suffi de déposer son bilan et basta ! Absolution générale. Dans le marasme qui avait suivi l'effondrement de la « Nouvelle Économie », personne ne lui en aurait tenu rigueur. Et nul doute que l'Eternity Rush, qui déjà s'annonçait, lui aurait donné plus d'une chance de rebondir. Pourquoi dans ces conditions avoir eu recours à la fraude ? Au procès, il avait préféré laisser la question sans réponse. Car il aurait fallu se mettre à nu, invoquer l'enflure de son ego qui, pris au piège de la célébrité, s'était raidi devant la perspective de la défaite ; son refus de plier devant des événements plus forts que lui, orgueil imbécile du chêne dans la tourmente dédaignant l'humilité du roseau ; et surtout, l'irrationnel désir d'éternité que tout créateur éprouve pour la chose créée, au point d'en oublier qu'elle n'est qu'une chose et qu'il n'est pas Dieu...

Accablé de soucis, il en était venu insensiblement à considérer ses patients comme de simples sources de revenus, des rentes plus que des malades, et sa clinique comme une pompe à honoraires plus qu'un établissement de soins. Lorsque les problèmes de trésorerie s'étaient accentués et, d'occasionnels, étaient devenus permanents, il avait trouvé tout naturel d'accroître le rendement de cette pompe... Il suffisait de multiplier les examens, de noircir quelque peu le pronostic d'une tumeur, d'avancer d'un an ou deux le moment d'une intervention, de prolonger plus que nécessaire les hospitalisations...

Il y avait dans la clinique une catégorie de patients se prêtant particulièrement bien à ce jeu : les pensionnaires du service « Long séjour ». Souvent déments, ces vieillards extrêmement dépendants y attendaient, dans un luxe inouï mais une solitude totale, que le temps les délivrât d'une vie qui depuis longtemps n'avait plus de sens. Leurs richissimes familles les remisaient là, puis s'en désintéressaient jusqu'à l'annonce du décès, signal de l'ouverture de la succession. Les seules nouvelles qu'on en recevait prenaient la forme du chèque mensuel dont le montant coquet leur tenait lieu de quitus moral.

Du fait de leur abandon, ces moribonds étaient de véritables mines d'or et les mois qui leur restaient à vivre se transformaient en calvaire médical. Malades ou pas, ils passaient d'office entre les mains d'un ophtalmologiste – pour une opération de la cataracte, un glaucome ou un décollement rétinien, parfois les trois – d'un orthopédiste – pour une prothèse de la hanche ou du genou – et d'un cardiologue pour un pontage coronarien. En prime, les hommes avaient droit à une ablation de la prostate et les femmes, au choix, à une mastectomie ou une hystérectomie.

Détenteurs de gros paquets de stock-options, ses vingt-sept confrères étaient aussi intéressés que lui à la réussite de l'entreprise : il n'eut pas à insister pour leur faire pousser les feux. L'année suivante, le chiffre d'affaires moyen par client avait doublé. Mais le gisement s'épuisait rapidement, les soixante lits du service « Long séjour » ne se renouvelant que lentement, au fur et à mesure des décès de leurs occupants. La solution s'imposait d'elle-même : il fallait recourir à des patients externes. Mais où les trouver en quantités suffisantes ? Il eut alors une idée de génie. Il prit langue avec les maisons de retraite et établissements de long séjour de la région parisienne, où des milliers de vieillards grabataires mouraient à petit feu aux frais des caisses de retraite, et convainquit leurs dirigeants, moyennant une ristourne sur les actes médicaux, d'adresser leurs pensionnaires à la clinique où, totalement inconscients de ce qui leur arrivait, ils entreprenaient jusqu'à complet épuisement le « parcours de santé » rodé sur leurs riches précurseurs. La note était envoyée à la Sécurité sociale et aux mutuelles d'assurance complémentaire qui la réglaient rubis sur l'ongle.

Le succès fut immédiat, au point que les maisons de retraite parisiennes se peuplèrent de vieillards arborant une coquille sur les yeux, comme si soudain la cataracte était devenue une maladie contagieuse.

La clinique était sauvée.

Et puis, le pépin... Le décès d'une patiente, des suites d'une banale intervention au genou. *Clostridium sordelli*, une infection nosocomiale comme il en survenait dans les meilleurs établissements. Le genre d'accident qui d'ordinaire se réglait entre assureurs, quand il n'était pas simplement imputé au grand âge et à la fatalité. Mais la malchance voulut cette fois que la famille, moins indifférente que la moyenne, exigeât une autopsie, qui bien sûr révéla qu'aucune pathologie ne justifiait l'intervention incriminée. Dès lors, il ne fallut aux enquêteurs que quelques semaines pour découvrir l'escroquerie dans toute son ampleur.

Des dizaines de patients floués, de familles ulcérées, rejoints par autant de compagnies d'assurances, se portèrent parties civiles au procès. La clinique y perdit son habilitation, et Jonathan et ses vingt-sept complices leur réputation, leurs espérances et leur liberté.

Par une de ces ironies dont l'Histoire a le secret, au moment même où démarrait cet Eternity Rush qu'avant tout le monde il avait anticipé, Jonathan se trouvait exclu du festin.

À tâtons dans la pénombre, Jonathan rejoignit sa place. Tout semblait calme. Exténués par une journée de rituels mondains qui avaient établi leur complète suprématie, Bob et Nadège dormaient du sommeil que confère aux souverains la certitude de leur droit. Seul le fracas des convois filant en sens opposé couvrait, de loin en loin, le doux feulement des roues sur les rails d'acier. Au petit matin, ils atteindraient Varsovie. Encore une nuit, et ce serait Moscou. Et puis, la Sibérie, la Mongolie, et enfin la Chine.

La Chine ! Déjà, après sa débâcle de Neuilly, elle lui avait offert une revanche. Voici qu'elle lui proposait la belle. En songeant aux joies qu'il y avait éprouvées, et à celles qu'elle promettait à nouveau, Jonathan bénissait le Ciel de l'avoir fait dérailler. Jusqu'au jour de la catastrophe, sa route avait semblé toute tracée, désespérément prévisible en sa monotonie. Existence insipide de « bourgeois bohème », à peine épicée de ce qu'il fallait de psychodrames familiaux, d'aventures extraconjugales, d'embrouilles professionnelles et de soucis patrimoniaux. Son pedigree judiciaire, aggravé de l'interdiction d'exercer la médecine et de gérer une entreprise sur le territoire de la République, et en conséquence, par le jeu des traités, de l'Union entière, l'avait privé de toute possibilité de rentrer dans le rang, contrairement à ce Benoît qui, après son fiasco, avait tranquillement retrouvé la sécurité d'un job dans une multinationale. Pour beaucoup, une aussi complète proscription aurait signifié la mort lente au fond de quelque cul-de-sac. Pour Jonathan, elle avait été un départ vers le grand large.

Toutes amarres larguées, il avait cinglé vers la haute mer, sans autre contrainte que son bon plaisir, sans autre cap que celui que lui imposait le courant. Livré aux éléments, il avait trouvé en lui des ressources insoupçonnées, de celles qui ne se révèlent que dans la tourmente, quand on n'a le choix qu'entre sortir ses tripes et crever. Il avait découvert qu'il ne servait à rien d'opposer sa volonté à celle du vent, que le mieux quand il se déchaînait était de s'abandonner à lui, de se laisser drosser sans révolte vers le rivage qu'il avait choisi. Car il y avait toujours un rivage. On finissait toujours par reprendre pied, par se redresser. Sa vie avait ainsi été faite d'échouages et de rétablissements successifs et, au total, il n'avait eu qu'à s'en féliciter. En cela il se distinguait de Benoît et de ses autres compagnons de voyage qui ne pouvaient concevoir de vie en dehors de leurs rails, et que leurs rails présentement conduisaient à Clifford Estates, leur terminus. Tandis que dans l'espace sans bornes où il se mouvait, il n'y avait certes pas de voie, mais pas de terminus non plus.

En sortant de prison, son premier mouvement avait été non de s'inscrire au chômage, mais de se rendre aux puces de Clignancourt, où un commerçant avisé n'avait été que trop heureux de payer comptant et en liquide la splendide Breguet en or acquise au temps de sa gloire, non tant pour frimer que pour rassurer son grand-père. L'Eternity Rush démarrait à peine, les futures victimes du Mardi Noir consommaient sans compter et la cote des montres de collection ne cessait de grimper. La sienne avait rapporté plusieurs fois ce qu'elle avait coûté, de quoi envisager l'avenir avec un certain optimisme. En recomptant ses billets, il avait eu une pensée reconnaissante pour le cher défunt. Puis, se souvenant de la mise en garde du surveillant-chef, il avait hélé un taxi pour Roissy et sauté dans le premier vol pour Hongkong.

À sa descente d'avion, Xuan était là.

Ho Xuan. Le seul ami à ne lui avoir jamais manqué, le seul qui lui restât, après que sa femme l'avait plaqué, sa famille renié et ses collègues banni.

— J'ai pensé que tu préférerais rester seul, expliqua-t-il tandis que le chauffeur en livrée refermait l'immense coffre de la Rolls sur son mince bagage. Mais bien sûr, tu t'installes chez moi quand tu veux.

— Tu n'aurais pas dû, protesta Jonathan pour la forme.

Il le connaissait assez pour savoir qu'il ne servait à rien d'insister : la somptueuse Corniche vert bouteille indiquait sans ambiguïté possible que son vieux complice lui avait fait préparer sa suite préférée au Peninsula, le prestigieux palace colonial de Kowloon où jadis ils établissaient le camp de base de leurs expéditions estivales, et où il serait désormais son invité. Ce grand seigneur prenait en effet comme une injure personnelle le fait qu'un ami exhibât sa carte de crédit

« sur ses terres ». Comme, à l'en croire, celles-ci s'étendaient du Mékong au sud, à l'Amour au nord, il était virtuellement impossible à ses hôtes de payer ne fût-ce qu'un journal de leur poche, dès l'instant qu'ils posaient le pied sur le sous-continent.

Fruit des amours tardives d'un *tycoon* chinois et d'une top model anglaise, Xuan avait hérité la puissance de l'un et la séduction de l'autre. Court sur pattes mais d'une plastique à rendre envieux un bronze de Cellini, sa gueule de démon et son sourire dévastateur avaient fait des ravages parmi ses condisciples tant mâles que femelles de Janson-de-Sailly, où son milliardaire de père l'avait envoyé étudier, point tant par amour de la langue de Racine et de Voltaire que pour éloigner de lui une source potentielle de scandale. Non à cause de ses mœurs, dont il n'avait que faire, mais parce qu'il était son dixième fils – et sa mère sa quatrième concubine – en un temps où le Parti prônait enfant et épouse uniques, et où lui-même briguait une charge en vue à Pékin.

De l'aveu même de Xuan, Jonathan était le seul de ses « amants » à n'avoir jamais succombé à ses entreprises, charnellement du moins. C'est sans doute pour cette raison qu'ils étaient devenus inséparables, au point que leurs condisciples, jaloux d'une complicité dont ils se sentaient exclus, avaient fini par les appeler « David et Jonathan », allusion qui se voulait fine à la nature supposée de leur relation. Et tandis que les malintentionnés les imaginaient en faunes copulant frénétiquement en quelque fantastique sabbat, ils passaient leurs soirées au théâtre, où Xuan avait pris ce parler recherché, cette élocution distinguée – due à l'effleurement de la langue sur la face palatale des incisives supérieures – qui, sous toutes les latitudes et dans la plupart des idiomes, signale à qui sait entendre les jeunes gens de bonne extraction.

Le clan Ho n'était pourtant pas précisément ce qu'à Passy l'on aurait qualifié de « bonne » famille. Bien qu'oscillant entre le dixième et le quinzième rang du classement des cent plus grandes fortunes mondiales de la revue *Forbes*, et bien qu'ayant à plusieurs reprises rendu de signalés services à la Couronne d'Angleterre, son patriarche n'était jamais parvenu à décrocher le titre convoité de *Sir* qui, au temps de la colonie, était aux tycoons de Hongkong ce que la pourpre était aux ecclésiastiques, le bâton étoilé aux militaires et le cabochon de verre aux sauvages mélanésiens. Le fait d'avoir troqué son prénom chinois contre celui, bien plus british, de « George », ne lui avait été d'aucun secours. L'intransigeante souveraine répugnait définitivement à recevoir parmi ses chevaliers cet enfant du delta de la Rivière des Perles, né dans la caste des Tankas, ces réprouvés parmi les réprouvés à qui une tradition millénaire interdisait de mettre pied à terre et qui, par force, étaient devenus les meilleurs nautoniers du monde.

Le paternel de Xuan avait fait fortune en transportant dans ses jonques à fond plat les vivres, armes et munitions qui avaient permis à Mao Zedong de défaire Chiang Kaishek. En reconnaissance de ce coup de pouce décisif à sa révolution, Mao avait fait de Ho son représentant occulte à Hongkong et, parce qu'il fallait bien vivre, lui avait octroyé rien moins que le monopole de l'importation du ciment en République populaire : l'empereur rouge savait à l'occasion égaler en munificence ses prédécesseurs Qing et Ming. Dans les quarante années qui suivirent, pas une décision ne se prit dans la colonie sans le consentement tacite du père

Ho, et pas une brouette de béton ne coula sur l'immense chantier chinois sans qu'il y eût prélevé sa dîme.

La suite allait démontrer surabondamment qu'il n'est aucun miracle que l'argent, en quantité suffisante, ne puisse accomplir, comme de métamorphoser un gueux illettré et sans manières en capitaine d'industrie doublé d'un madré politicien, collectionneur de beautés internationales de surcroît. Grand joueur devant l'Éternel, l'ancien patron de jonque exploita ses atouts de main de maître, si bien qu'il se trouva bientôt à la tête d'une des plus imposantes flottes mondiales de porte-containers, pour l'affrètement de laquelle il exploitait trois ports privés sur les côtes méridionales de la Chine, et un au Japon.

Son influence, déjà omniprésente à Hongkong et dans le Guangdong voisin, s'étendit par cercles concentriques jusqu'à Pékin, où ses nombreux clients finirent par l'élire vice-président de l'Assemblée nationale populaire. Pas une semaine ne s'écoulait désormais sans que la télévision le montrât en train d'inaugurer, en compagnie des plus hautes personnalités du gouvernement ou du Parti, un stade, une piscine, un hôpital ou un pont portant son nom ; pas une semaine sans que la presse se fît l'écho de son dernier coup en Bourse, de sa dernière intrigue à Pékin, ou de ses dernières frasques londoniennes ou parisiennes. Pour toute une génération de jeunes Chinois élevés dans le culte de l'argent, il devint un modèle, une icône, l'incarnation même du mot d'ordre fameux par lequel le président Deng Xiaoping avait réhabilité l'économie de marché : *Il est glorieux de s'enrichir*. En quelques décennies, celui qu'à défaut de pouvoir le nommer Sir George tout le monde appelait avec une vénération mêlée de crainte Monsieur Ho, passa ainsi de l'état d'intouchable à celui de légende vivante.

Mais la plus belle revanche de Monsieur Ho, c'était son dernier-né, Xuan. Ce fils reçu, à soixante ans passés, d'une des femmes les plus désirées de son temps, attestait de la pérennité de sa virilité et de l'universalité de son charme. Mais surtout, de tous ses rejetons, il était le seul en qui il pût enfin se reconnaître : nés de concubines chinoises, ses aînés avaient, sur le plan physique, quelque chose de lourd et d'inachevé qui avait, semble-t-il, déteint sur leurs capacités intellectuelles, à moins que, par un processus inverse susceptible de réhabiliter les thèses de Lamarck, leurs déficiences morales n'aient trouvé à s'exprimer dans leur apparence corporelle. Seul Xuan reflétait à la fois l'élégance, l'esprit, la volonté et l'habileté de son géniteur. Aussi, dès sa sortie de l'ENA, le patriarche l'avait-il rappelé auprès de lui pour le préparer à assumer sa succession.

Charly, le tailleur du Peninsula, avait fait merveille. Prévenu par les bons soins de Xuan du retour de son ancien client, il avait préparé six costumes d'après le bâti à ses mesures conservé dans ses cartons. Il les lui avait fait essayer dès son arrivée, entre croissants et café au lait, était revenu les ajuster après déjeuner et juste avant dîner les lui avait livrés, impeccablement finis, avec chemises, cravates, Weston et Borsalino assortis. Ainsi vêtu de vigogne vierge et d'assurance retrouvée, Jonathan avait réclamé sa limousine verte. Le moment était venu d'accomplir le vœu maintes fois formulé sur la paille humide des cachots de la République : à la première occasion, se prendre une biture à l'Amphitryon.

— Docteur Bronstein, s'exclama le maître d'hôtel en l'apercevant, quelle bonne surprise ! Cela fait si longtemps.

— Bonsoir Jacques, répondit Jonathan. Heureux de vous revoir également. Comment vont les affaires ?

— Ah, docteur, ce n'est plus comme de votre temps.

Il voulait dire : avant la rétrocession de Hongkong à la Chine. Les maîtres d'hôtel de grandes maisons ont un art consommé de conforter leurs clients dans leur certitude d'être les pivots immuables de l'univers, les centres de gravité de l'Histoire. En exprimant à Jonathan son regret que les affaires ne fussent plus comme de son temps, l'habile flagorneur lui signifiait qu'à ses yeux, contrairement à l'historiographie officielle qui distinguait le temps de la colonie britannique et celui de la souveraineté chinoise recouvrée, la chronique du Territoire se diviserait à jamais en un temps avec lui et un temps sans lui. Jonathan bien sûr n'était pas dupe, mais c'était toujours bon à entendre.

— Je n'ai pas réservé, fit-il hypocritement, connaissant d'avance la réponse.

— Doc-teur Bron-stein, se récria l'autre, en séparant bien les syllabes et avec les mimiques de reproche et de consternation prévues, vous plaisantez, j'espère. Vous savez bien qu'ici votre table est toujours mise. Attendez-vous quelqu'un ?

— Monsieur Ho ne devrait pas tarder.

Monsieur Ho, c'était Xuan, bien sûr, qui à la disparition de son père avait hérité de son empire, de ses réseaux et de son « titre », rejoignant du même coup le fils du secrétaire général du Parti, celui du Premier ministre et celui du boucher de Tian'anmen au sommet de la caste des *princelings*, cette nouvelle aristocratie héréditaire chinoise composée des rejetons des hiérarques communistes et à qui le Parti – les estimant d'autant plus fiables que leurs pères s'étaient plus souillés dans les infamies du régime – réservait les plus hautes responsabilités et les plus grasses prébendes.

La nouvelle de son arrivée imminente sema l'émoi dans les rangs. Tandis qu'on rameutait à la hâte la direction du palace, le personnel au grand complet se rassembla sur le perron pour former une haie d'honneur.

Hier matin en taule, et ce soir, toute la Chine à mes pieds ! Si Jonathan préférait l'Amphitryon aux autres trois-étoiles français de Hongkong, ce n'était pas tant pour l'excellence de sa cuisine et de sa cave que pour cette table unique – accrochée comme un nid d'aigle au sommet de l'Island Shangri-La, le palace planté comme un phare au cœur du quartier d'affaires –, vers laquelle semblaient converger comme au foyer d'une parabole géante toutes les vibrations de la mégalopole, de son port, de ses banques, de ses commerces, de ses cohortes d'employés, de négociants et d'entrepreneurs, et qui conférait à celui qui y trônait un invincible sentiment de toute-puissance. Ici, tout redevenait possible.

— Bollinger 1985 récemment dégorgé, annonça cérémonieusement un sommelier à qui il n'avait rien demandé.

— Votre préféré, si je ne m'abuse, susurra le maître d'hôtel qui présidait au rituel. C'est la maison qui régale...

En observant le va-et-vient incessant des cargos dans la Baie des Parfums, Jonathan ne put réprimer un regret. Dix ans plus tôt, alors qu'à cette même table il fêtait avec Xuan la fin de son internat et évoquait ses projets d'avenir, ce dernier lui avait conseillé de créer ici sa clinique. Que ne l'avait-il écouté ! Depuis le temps qu'il la connaissait, il avait pourtant appris à aimer cette cité, l'énergie qui en émanait, son goût du risque, son hospitalité aux aventuriers... Comment avait-il pu lui préférer un marigot stagnant comme Paris ? Ici, nul ne se serait formalisé d'un accident comme celui qui avait mis fin à son entreprise, parce qu'ici, chacun savait que la mort est la rançon du risque, le risque la condition de la fortune, et la fortune le plus légitime des soucis.

La rumeur dans le hall annonçait l'arrivée de Monsieur Ho, précédé de ce qu'il appelait plaisamment sa « maison civile et militaire », à savoir son secrétaire particulier, son attachée de presse, ses gardes du corps, ses familiers, ses mignons et le lot habituel de pétitionnaires et quémandeurs que leur qualité autorisait à s'infiltrer dans sa suite. Escorté par l'état-major du palace comme le Saint-Sacrement par son cortège de thuriféraires, le grand homme s'arrêta un instant à une table pour en gratifier d'un mot aimable les convives rouges de confusion, puis s'installa à celle de Jonathan et fit signe qu'on le laissât.

— Je vois qu'on n'a pas perdu ses mauvais penchants, dit-il en lorgnant vers le flacon de bollinger.

— Chacun frime comme il peut, répliqua Jonathan en pointant du menton la foule des courtisans piétinant dans le hall.

Xuan ne releva pas.

— À propos de frime..., dit-il en lui tendant un coffret en bois précieux. À la mémoire de ton grand-père.

C'était une Patek en platine massif, un modèle dont l'extrême complication mécanique contrastait avec la totale sobriété formelle, montre de rêve, mais d'un prix tellement extravagant que, même au zénith de sa fortune, Jonathan n'aurait jamais osé la convoiter.

— Je sais que tu en pinces plutôt pour les Breguet, s'excusa Xuan, mais – tu ne le croiras jamais – quand je leur ai exposé tes goûts, les horlogers de la place ont été un peu pris de court. Il faut les comprendre : aujourd'hui, ils ne vendent plus que de grosses Rolex serties de diams. Dans le genre austère que tu affectionnes, celle-ci était ce qu'ils avaient de moins minable. Hongkong n'est plus ce qu'elle était.

— Mais... c'est trop, protesta Jonathan, le souffle coupé. Je ne peux vraiment pas...

— Alors convenons que c'est un prêt et accroche-la à ton foutu poignet, qu'on en finisse ! s'impatienta Xuan qui n'aimait pas qu'on lui résistât. Et venons-en à tes projets...

Des mets qui leur avaient été servis ce soir-là, Jonathan ne gardait aucun souvenir. Tout ce dont il se souvenait, c'est qu'il avait beaucoup parlé, et Xuan beaucoup questionné. La clinique, les causes de l'échec, les péripéties judiciaires, la prison, le divorce, il avait voulu tout savoir... À mesure que la soirée avait passé, il avait congédié les courtisans en faction dans le hall, d'abord les importuns, puis les familiers, enfin les domestiques. Quand il n'y avait plus eu que les gardes du corps et les minets, il avait décidé de se transporter au Propaganda, la boîte gay de Lam Kwai Fong. Aujourd'hui encore, Jonathan ne s'expliquait toujours pas ce besoin qu'éprouvait son ami d'élire les lieux les plus sordides pour les conversations les plus sérieuses. « C'est simple, lui avait-il expliqué un jour qu'il le traînait au Queen réviser leur bac de français. C'est le seul endroit où l'on ne prête aucune attention à ce que je dis, parce que chacun n'y songe qu'à baiser, et que personne n'imagine son voisin pensant à autre chose. » C'est donc là, dans l'obscurité moite d'une back-room, les relents écœurants des poppers et les pulsations obsédantes de la techno, qu'avait été conçue la clinique de Canton.

Mieux que quiconque, Xuan avait compris l'idée de Jonathan. Mais selon lui, nul pays n'était plus favorable que le sien à son épanouissement. D'abord, le nombre de millionnaires au kilomètre carré, l'un des plus élevés au monde. Ses compatriotes n'avaient pas attendu le feu vert de Deng Xiaoping pour débrider leur génie des affaires et, comme toujours, l'extrême pauvreté du plus grand nombre avait nourri l'extrême fortune de quelques-uns. Entre apparatchiks corrompus, entrepreneurs véreux et authentiques capitaines d'industrie, ces quelques-uns étaient légions, pour l'essentiel concentrés dans les provinces côtières entre Hongkong et Shanghai. Et c'était sans compter la diaspora, ces centaines de millions de Chinois dits « d'outre-mer », partis faire fortune à l'étranger, mais qui n'hésiteraient pas à revenir au pays pour y bénéficier de soins introuvables ailleurs. Ensuite, l'obsession du vieillissement chez les Chinois ne datait pas de l'apparition des magazines *people*, mais s'inscrivait dans une tradition millénaire remontant à Lao Tseu ; le taoïsme et sa recherche compulsive d'artifices pour prolonger la jeunesse faisaient pour ainsi dire partie du patrimoine génétique des Fils du Ciel. Depuis des siècles ils claquaient des fortunes pour acquérir racines de ginseng, nids d'hirondelle, bile d'ours et de serpent, ailerons de requin, éperons de narval, cornes de rhinocéros, pénis de tigre et autres grigris aussi exotiques que ruineux censés différer l'échéance fatale et qui ne faisaient qu'accélérer celle des espèces concernées. *Last but not least*, Jonathan ne trouverait ici aucun de ces freins à la créativité, de ces limitations stupides qui en Occident et particulièrement en Europe bridaient les initiatives individuelles au point de tuer tout désir d'entreprendre. Car au sud du Yangtse, rappelait Monsieur Ho sans que Jonathan songeât un instant à en douter, la loi, c'était lui qui la faisait.

Insensiblement, Xuan, qui en dépit des quantités terribles d'alcool ingérées depuis l'Amphitryon conservait une parfaite maîtrise de soi, précisa sa vision. Selon son habitude, il n'exprimait pas directement sa pensée, se contentant d'énoncer des généralités d'apparence banale, mais qui ensemble constituaient les prémisses d'un implacable syllogisme dont il laissait à son interlocuteur la responsabilité de tirer seul la conclusion : « Tu ne réussiras qu'en proposant des services qu'on ne trouve nulle part ailleurs... Dans un pays d'un milliard trois cents millions d'habitants, tout est possible... Le taux d'accidents de la route est déjà onze fois plus élevé qu'en Europe, et augmente dramatiquement avec le nombre de conducteurs... Le delta de la Rivière des Perles possède le réseau autoroutier le plus dense de Chine... Il y a ici deux cents millions de paysans déracinés prêts à tout pour un bol de riz. » Jamais il ne prononça le mot fatidique, mais pour Jonathan, qui depuis le temps avait appris à le décoder, l'oracle était sans ambiguïté : la nouvelle clinique se spécialiserait dans les greffes d'organes. Elle recruterait ses donneurs parmi les nombreuses victimes du plus meurtrier des réseaux d'autoroutes de Chine, et au besoin en achetant leurs tripes à celles non moins nombreuses de la misère des campagnes.

Huit mois plus tard, dans le faubourg chic de Canton, le docteur Jonathan Bronstein inaugurait, en présence du Comité central et du corps diplomatique au grand complet, ce que la presse chinoise décrivit avec force hyperboles comme « la clinique chirurgicale la plus high-tech du continent ».

Dans les années qui suivraient, il allait y pratiquer plus de greffes d'organes qu'aucun autre chirurgien du moment, participant ainsi, de loin, à cet Eternity Rush qu'il avait été l'un des premiers à entrevoir, et que seule la malchance l'avait empêché de poursuivre dans son pays.

II

Et les eaux limoneuses de l'Amour
charriaient des millions de charognes...

BLAISE CENDRARS
Prose du Transsibérien

Clifford Estates, 13 h 31

C'est trop, se dit Jonathan. Les mots CLIFFORD ESTATES se découpant en grandes lettres blanches sur le flanc de la colline conféraient à cette arrivée un air outrageusement hollywoodien. À ses pieds s'étendait une plaine immense striée, aussi loin que portait la vue, de centaines de pavillons parfaitement identiques – avec leurs façades revêtues de pâte de verre blanche, leurs toits de céramique façon tuile, leurs terrasses, leurs vitres teintées, leurs jardinets devant la porte, leurs haies de troènes parfaitement taillées – maisons de poupées sagement alignées de part et d'autre d'avenues larges comme les Champs-Élysées, bordées d'arbres qui, même sous ce climat, mettraient sans doute des années avant de remplir leur office. Au second plan, de petits immeubles de trois étages témoignaient de ce que même ce paradis comportait ses défavorisés. Plus loin encore, des grues attestaient du fait que cette ville adolescente n'avait pas terminé sa croissance.

Le train roulait à présent au pas, laissant à chacun le loisir de détailler le spectacle.

— Pauvres gens, commenta quelqu'un en désignant les pavillons les plus proches de la voie. Vivre si près du trafic...

— On s'y fait, vous savez, répondit un autre. Et puis, les passages ne doivent pas être si fréquents.

— C'est pas comme nous, hein, chérie ? dit un troisième en prenant sa compagne à témoin. Nous avons vécu trente ans à côté d'une gare. Toutes les deux minutes un train frôlait à pleine vitesse notre jardin. On n'en est pas morts pour autant.

— Ceux-là n'ont pas l'air d'en souffrir, en tout cas.

De fait, tout à leurs occupations, peu de riverains semblaient leur prêter attention. De temps à autre, l'un d'eux levait le nez puis, déçu sans doute du peu d'intérêt de ce qu'il découvrait, retournait aussitôt à son hobby.

— Chérie ! As-tu vu ces roses ? s'extasia quelqu'un tandis qu'ils longeaient un jardinet dont la décoration florale n'avait de rivale que Bagatelle, dans cet hémisphère du moins.

— Et ces hortensias ! s'enthousiasma sa femme. Bravo, Monsieur, bravo ! cria-t-elle à l'adresse de leur propriétaire, tout absorbé à soigner ses parterres.

Sans même prendre la peine de la regarder, l'homme fit un vague signe de la main. Manquent un peu de chaleur, les résidants, nota Jonathan.

Plus loin, un jeune couple s'affairait autour d'un barbecue, tandis que les enfants s'ébattaient sur la pelouse sous l'œil attendri des grands-parents.

— Vois, chérie, comme les petits seront bien, quand ils viendront nous voir.

— Dommage qu'on soit si loin.

Tandis que tout le monde se congratulait, le train entra en gare. Du bout du quai retentissaient les accents de *Y' a d'la joie*, interprété un peu trop vite par un jazz-band indigène. Puis, les haut-parleurs lâchèrent les mots convenus, mais si longtemps désirés qu'ils déclenchèrent un tonnerre d'applaudissements :

« Clifford Estates. Clifford Estates, terminus du train. Tous les voyageurs descendent de voiture. Assurez-vous de n'avoir rien oublié... »

— Alors, c'est entendu, docteur ? Tous ce soir au Country Club pour l'apéro !

— Comptez sur moi, répondit Jonathan. Mais avant tout, une bonne douche !

— Oui, une douche ! s'écria l'autre à la cantonade. Une douche, enfin !

— À la douche ! À la douche ! scanda en chœur tout le wagon.

Ils me suivraient en enfer, constata Jonathan, satisfait.

Onze jours avaient suffi pour faire de lui leur leader incontesté.

TGV Paris-Moscou – Deuxième jour

Comme il l'avait prévu, ils n'avaient pas dépassé Varsovie que plus personne n'ignorait sa présence à bord. Les femmes avaient ouvert la procession. Elles venaient le trouver pour un oui ou pour un non – une migraine, des vertiges, parce qu'elles n'avaient pas fermé l'œil de la nuit, ou simplement pour voir à quoi il ressemblait. Il se prêtait aimablement au jeu – écoutant attentivement les plaintes de la patiente, prenant son pouls, sa tension, auscultant cœur et poumons, bref exécutant avec tout le sérieux et le professionnalisme requis le rituel que toute personne d'âge était en droit d'attendre de son médecin et qui à lui seul suffit souvent à la rasséréner. Au passage, il reconnaissait en silence la présence encore discrète de la tumeur, du déséquilibre hormonal, ou de la dégénérescence qui, sauf accident, la tuerait, mais concluait néanmoins par le vous-nous-enterrerez-tous sonore à quoi, au fond, se résumait toute sa demande.

C'était tout un art. Susciter la confiance de ses patients sans s'impliquer inutilement dans une relation qu'on savait sans lendemain. Ne retenir d'eux que le strict nécessaire, les noms mais pas les prénoms, les anecdotes mais pas les histoires. Dans son paysage intérieur, ne les laisser prendre que la place qui leur revenait, celle de silhouettes plus que de personnages.

Quant aux hommes, plus que sa qualification de médecin, c'était son expérience de la Chine qui les avait conquis. Sa pratique des Chinois, sa connaissance de leurs mœurs et surtout de leur langue faisaient de lui un auxiliaire immédiatement utile, dans les tracas administratifs et domestiques qu'ils pressentaient. Ils le consultaient sur tout, le climat, la nourriture, le caractère des autochtones, la façon dont il convenait de les aborder, de commercer avec eux, s'il était bien vu de marchander et dans quelles limites – le genre de questions que leurs épouses préféraient adresser à Xiao Rong –, mais aussi sur des matières qu'on ne pouvait aborder qu'entre mâles – si les filles étaient farouches et comment les accoster, si le flirt était permis et jusqu'à quel point, si l'on pouvait espérer conclure et quelles précautions il valait mieux prendre. Au passage il tordit le cou à quelques stéréotypes – infanticides des fillettes, prouesses sexuelles des femmes et pieds bandés des vieilles – et en nuança d'autres : oui, on y mangeait bien du chien, mais seulement l'hiver ; oui, on y avait même mangé de l'homme, mais seulement durant le Grand Bond en avant ; et oui, on y facturait bien à la famille la balle qui avait renvoyé fiston à ses ancêtres, mais seulement dans le Sud, Pékin préférant depuis peu l'injection létale. Armé de baguettes improvisées, il leur apprit à se tenir à table et aux plus motivés enseigna même quelques expressions élémentaires de politesse, si bien que du matin au soir le train retentissait de *ni hao, xie xie* et *wo shi faguoren* sonores, appuyés de courbettes obséquieuses comme ils avaient vu faire dans le *Lotus Bleu*.

Chine et Chinois avaient bien sûr des côtés odieux que, pour les avoir intimement pratiqués, Jonathan connaissait comme personne, mais dont il préférait ne pas les entretenir. Son rôle n'était pas de leur faire peur. Médecin, il se devait avant tout de soulager les souffrances, même au prix du mensonge. La vérité n'apportait rien au condamné, sinon un surcroît d'anxiété qui ne faisait qu'ajouter à ses affres et rendre plus difficile l'intervention de l'homme de l'art. Pourtant, il était assez fin clinicien pour savoir que derrière leurs questions, toutes banales qu'elles fussent, sourdait une authentique angoisse qui résisterait à tous les apaisements qu'il pourrait leur dispenser. Tous manifestement avaient encore en mémoire les événements qui avaient endeuillé les Jeux olympiques de Pékin, si traumatisants que ceux du Mardi Noir, qui les avaient pourtant personnellement meurtris, n'avaient pas suffi à les supplanter dans leurs esprits. À cette angoisse, le seul remède était la parole : les choses que l'on craint paraissent toujours moins redoutables une fois qu'on les a nommées. Par ailleurs, esquiver le sujet eût paru suspect, d'autant que Xiao Rong était là, qui pouvait témoigner. Quitte à en taire les épisodes les plus atroces, le mieux était donc d'en parler. Mais quoi qu'il contât à ce sujet, il ne parviendrait pas à leur faire oublier qu'ils se rendaient dans un pays dont le régime, pour se maintenir, n'avait pas hésité à égorger, sous le regard horrifié et impuissant de millions d'étrangers, dix mille de ses enfants, et sans doute dix fois plus en coulisses.

Cette tragédie, le hasard avait placé Jonathan aux premières loges pour en observer la genèse. D'abord, parce que Canton en avait été le foyer. Ensuite, parce que son installation dans la capitale du Sud avait coïncidé avec les trois événements dont la conjonction perverse avait tout déclenché : la désignation de Pékin comme hôte des Jeux olympiques, l'admission de la Chine à l'Organisation mondiale du commerce, et l'attaque du World Trade Center. Enfin et surtout, en raison du rôle central que Xuan y avait joué.

L'organisation des Jeux de 2008 revêtait une importance capitale pour les gérontes du Parti : elle devait marquer symboliquement leur retour dans le club des despotes fréquentables, trente ans après le massacre de Tian'anmen qui avait fait d'eux des parias et leur avait valu maintes avanies, dont la moins cuisante n'avait pas été le rejet de la candidature aux Jeux de l'an 2000. Un nouvel affront était impensable. Aussi le gouvernement n'avait-il épargné aucun effort, tant officiel qu'occulte, pour l'éviter. C'est sur le versant secret du dispositif que Monsieur Ho avait apporté la contribution décisive.

La technique qu'il avait imaginée pour s'assurer les suffrages manquants garantissait une discrétion totale, en ce qu'elle n'impliquait aucun contact entre l'acheteur et le vendeur. Des donneurs d'ordre chinois passaient commande d'équipements, de travaux ou de services aux fournisseurs étrangers que Monsieur Ho leur désignait, à charge pour ceux-ci d'en rétrocéder une partie, sous la forme appropriée, au délégué olympique à corrompre. Xuan avait ainsi suggéré à un cabinet d'urbanisme européen, en lice pour la création d'une ville nouvelle dans le Fujian, d'embaucher l'épouse d'un membre éminent du CIO ; à une entreprise de travaux publics japonaise intéressée à la construction du barrage des Trois-Gorges de bâtir aux États-Unis l'immeuble du cousin d'un délégué africain ; à une banque d'affaires américaine convoitant l'introduction en Bourse d'un opérateur chinois de télécommunications de s'approvisionner en papeterie auprès des rejetons d'un délégué sud-américain. Une fraction non négligeable des achats de la Chine avait ainsi servi à verrouiller le vote décisif. Le 14 juillet 2001, Pékin avait remporté la palme, et Xuan un titre de plus à la gratitude du Parti.

L'admission, cinq mois plus tard, de la Chine à l'Organisation mondiale du commerce était censée parachever la réhabilitation du Parti, tout en offrant aux princelings des opportunités uniques d'enrichissement. Mais si elle combla bien ces derniers au-delà de toute espérance, ce fut au prix de l'effondrement définitif du premier. Comme toujours en Chine, l'érosion du pouvoir central débuta à bas bruit dans les campagnes. « Le mandat du Ciel, aimait à rappeler Xuan, ce sont les laboureurs qui le décernent, et eux aussi qui le retirent. » Au cours de l'histoire quatre fois millénaire de la Chine, plus d'un empereur en avait fait l'amère expérience. Pour avoir oublié de qui il tenait son pouvoir, le Parti allait à son tour s'en voir brutalement dépossédé.

Exposés du jour au lendemain à la concurrence internationale, les paysans avaient soudain découvert que le prix de leur riz, de leur blé, de leur maïs ou de leur coton ne se fixait plus dans les bureaux des planificateurs de Pékin, mais sur les marchés à terme de Chicago, Londres ou Tokyo. En revanche, si le niveau de leurs revenus se décidait à l'étranger, le montant de leurs taxes dépendait toujours de l'arbitraire des apparatchiks de leur village et de leur province. Et tandis que les premiers baissaient constamment sous la pression de la concurrence, les secondes ne faisaient qu'augmenter à raison du train de vie toujours plus extravagant des percepteurs.

La terre de leurs ancêtres ne les nourrissant plus, les paysans l'avaient abandonnée. Dans les années suivant l'adhésion de la Chine à l'OMC, le nombre de miséreux errant sur les routes en quête d'un improbable emploi était passé de deux cents à trois cent cinquante millions, populations mobiles et dangereuses mues par le seul désespoir et que plus rien ne contrôlait. Elles avaient rejoint dans la périphérie des mégalopoles les cent soixante-dix millions d'ouvriers et employés des entreprises d'État mises en faillite par leurs concurrentes vietnamiennes, lituaniennes ou marocaines. De fait, l'ouverture totale des frontières avait causé la fermeture de milliers d'usines. Les moins délabrées avaient été rachetées en sous-main par les princelings, qui s'étaient empressés d'opérer des coupes claires dans les effectifs. Le gouvernement était parvenu à en refiler quelques autres à leurs propres salariés, sommés d'en racheter les actions ou de prendre la porte. Celles qui restaient – l'immense majorité – avaient fini à la ferraille et leurs ouvriers sur le trottoir.

Deux doses de paysans désespérés et n'ayant rien à perdre, une dose d'ouvriers et d'employés armés de leurs connaissances techniques et de leur capacité d'organisation : à ce cocktail explosif ne manquait pour détoner qu'un zeste d'idéologie. Comme souvent, il vint des universités. Les étudiants avaient en effet leurs propres motifs de frustration. Élite d'une génération d'enfants uniques à qui l'on avait fait croire que tout était dû, ils s'étaient retrouvés, bardés de diplômes inutiles, dans les files d'attente sans fin des bureaux de placement. Les multinationales investissant en Chine confiaient en priorité les postes de responsabilité aux jeunes de la diaspora, à ceux de Hongkong, de Taiwan et de Vancouver, mieux formés et surtout plus imprégnés de leur culture d'entreprise. Quant aux juteuses prébendes de l'administration, diplômes ou pas, le Parti les réservait aux princelings. Une génération entière d'étudiants était ainsi tenue à l'écart. Toute illusion perdue, les plus intrépides de ces laissés-pour-compte prenaient le chemin de l'exil : ceux-là mêmes qui par légions débarquaient dans les grandes gares d'Europe. Les autres ressassaient leurs griefs aux abords des campus, disponibles pour toutes les aventures. Dans le creuset des grands centres urbains bouillonnait ainsi la nitroglycérine qui avant peu pulvériserait le Parti.

Inconscients du danger, les princelings s'affairaient. Longtemps première de la classe communiste, la Chine n'avait pas eu à faire beaucoup d'efforts pour devenir la meilleure élève du capitalisme. Hormis la parenthèse maoïste – à peine une minute en regard de ses quarante siècles d'histoire – l'Empire du Milieu avait toujours été sous-administré : quelques milliers de mandarins, à travers une étendue immense, avaient tenté d'imposer un minimum de lois à des centaines de millions d'individus, situation dont, dans leurs pires délires dérégulateurs, les Thatcher, Reagan et autres adeptes du « moins d'État » n'auraient jamais osé rêver et qui faisait dire à Xuan que son pays était « le berceau et l'avant-garde du libéralisme », et que ses habitants avaient « les lois du marché engrammées dans leurs gènes ». Sitôt la privatisation de l'économie proclamée nouveau dogme du Parti, les atavismes reprirent donc sans surprise le dessus.

Entre tous, les princelings furent sans conteste ceux qui révélèrent l'hérédité la plus chargée : corruption, trafics d'influence, détournements de fonds publics, délits d'initiés, coups boursiers et immobiliers, la liste de leurs exploits était interminable. Mais leur sport favori restait l'appropriation à vil prix des joyaux du patrimoine national... En quelques années, ils étaient ainsi parvenus à faire main basse sur les fleurons de l'industrie pétrolière, des télécommunications, de l'électronique, des compagnies aériennes, des banques et des assurances, bref, sur tout ce qui dans le pays ressemblait peu ou prou à une entreprise en état de dégager du profit. Sitôt maîtres à bord, ces maquignons procédaient aux opérations cosmétiques de base, en vue de rendre leur nouvelle acquisition aussi présentable que possible, opérations qui sous tous les cieux et de tous temps se résument en trois mots : licenciements et maquillage comptable. Dûment dégraissée et fardée, la belle était alors offerte à l'avidité des boursicoteurs de Hongkong, Shenzhen ou Shanghai, ou fourguée directement à quelque gogo étranger. Les princelings empochaient la plus-value.

Dans l'alambic des faubourgs, la pression montait. Au ressentiment causé par les difficultés de la vie quotidienne s'ajoutait celui suscité par le train de vie flamboyant des petits marquis du Parti. Mais la coupe ne déborda vraiment que le jour où les caisses d'épargne, qui à travers tout le pays avaient avancé aux princelings les fonds nécessaires à leurs magouilles, en furent réduites à cesser leurs paiements, plus de la moitié de ces prêts se révélant irrécupérables. Selon la presse, des centaines de millions manquaient à l'appel. À en croire Xuan, quatre cents milliards : le tiers du bas de laine total du pays. Non contente de s'être engraissée de manière obscène aux dépens de l'État, cette engeance parasite n'avait pas hésité à spolier des millions de petites gens. Mais vers qui se tourner, quand l'État est déliquescent, le Parti corrompu, la presse aux ordres et les juges vendus au plus offrant ? Désespérant d'obtenir jamais justice, le peuple recourut au seul moyen qui lui restait : la rue.

L'hiver précédant les Jeux de Pékin, manifestations, grèves et autres protestations de masse se multiplièrent dans tout le pays. Pas un jour ne passait sans que Jonathan apprît, par une confidence inquiète de Xuan, que des unités spéciales de la police militaire avaient dû être dépêchées pour réprimer ici une occupation d'usine, là une jacquerie, ailleurs un sit-in d'étudiants. La presse n'en soufflait mot, mais nul ne pouvait l'ignorer : à la veille des JO, le pays était en état d'insurrection larvée.

En d'autres temps, soucieux, quoi qu'il en dît, de son image à l'étranger, le Parti eût fait preuve d'un semblant de retenue. Mais c'était après l'attentat du World Trade Center. De la Russie aux Amériques en passant par l'Afrique, le Moyen-Orient et la péninsule arabe, tous les Ubu de la Terre s'étaient saisis du prétexte du terrorisme pour légitimer leurs propres ignominies – intrusions dans la vie privée, suppression des libertés fondamentales et autres violations, plus ou moins marquées selon les latitudes, des droits élémentaires de leurs opposants. Les tyranniques géniteurs des princelings – qui depuis la tragédie de Tian'anmen avaient, sous la pression internationale, refréné leurs instincts sanguinaires – reçurent le signal du 11 septembre comme un feu vert libérateur, et c'est avec une ferveur de croisés, mais non sans arrière-pensées, qu'ils s'enrôlèrent sous la bannière de la lutte internationale contre le terrorisme. Arrestations illégales, tortures, massacres, tout redevenait brusquement licite, mieux : tout redevenait moral. « Terrorisme » donc, la dissidence des bouddhistes tibétains et celle des musulmans ouïgours, « terrorisme » les exercices hygiéniques de la secte Falungong, « terrorisme » encore les protestations des paysans accablés d'impôts illégaux, « terrorisme » toujours les occupations d'usines, et « terrorisme » bien sûr les défilés d'étudiants.

Désormais assurés de la complaisance des opinions étrangères – qui au nom de l'union sacrée détournaient pudiquement le regard – ils déchaînèrent sur les insurgés la fureur trop longtemps contenue depuis Tian'anmen.

Le pire advint durant la nuit de Noël, dans l'usine de textile Shuangfeng de Zhuhai, à une centaine de kilomètres au sud de Canton.

Cette nuit-là, quatre mille ouvrières, pour la plupart des vieilles femmes, emmitouflées de couvertures et de capotes militaires de réforme, battent des semelles, une tasse d'eau chaude à la main, en papotant parmi les machines à l'arrêt.

Un mois plus tôt, cette entreprise était encore la leur. Le secrétaire municipal du Parti avait habilement joué de la carotte et du bâton, leur faisant miroiter d'un côté l'avantage d'être leurs propres patronnes, les profits que l'entreprise ainsi autogérée ne manquerait pas de dégager, la prospérité et la considération qui en rejailliraient sur leurs familles, le service qu'elles rendraient à la Nation, et de l'autre brandissant la menace d'une fermeture si l'usine ne trouvait pas repreneur. Mi-séduites, mi-terrifiées, elles avaient vidé leurs comptes d'épargne et payé rubis sur l'ongle le prix rondelet qu'en exigeait l'État.

Après cinq années de privations, d'initiatives et d'engagement personnel, ces capitalistes improvisées étaient parvenues à redresser leur usine, réparant ce qui pouvait l'être, achetant de nouvelles machines, imaginant de nouveaux produits, trouvant de nouveaux débouchés. Les commandes affluaient, et pour la première fois en trente-trois ans d'existence, la société avait fait des bénéfices.

Et puis, en ce matin de décembre, le choc quand elles avaient appris que la veille, en catimini, le tribunal de commerce de Zhuhai avait prononcé leur faillite et accepté la proposition de reprise, pour un yuan symbolique, d'une société d'investissement de Hongkong dont elles n'avaient jamais entendu parler.

Et la résignation, aussitôt après, quand la rumeur leur avait livré le nom de celui qui venait ainsi de les spolier, nom redouté de l'Amour au Mékong et contre lequel au sud du Yangtse nul ne pouvait rien : Monsieur Ho, prince des princelings.

Et le sursaut lorsque, à peine installée, la nouvelle direction leur avait enjoint de signer de nouveaux contrats, avec des salaires diminués de moitié. Dans un élan de dignité, dominant leur peur et le réflexe de soumission inscrit au plus intime d'elles-mêmes par des millénaires de servitude, elles avaient refusé.

Depuis, elles occupent leur usine. Trois fois déjà, la police a tenté de les expulser. Trois fois déjà, elles ont été matraquées, traînées par les cheveux, inondées de lacrymogènes, électrocutées par des décharges haute tension. Trois fois déjà, elles ont repoussé les assauts.

Ce soir, elles font face aux hommes en vert, appelés en renfort par les autorités de la province.

Ces uniformes, elles les connaissent. Ce sont ceux, redoutés de tous, puissants comme misérables, bandits comme honnêtes gens, de la police militaire. La plupart des Chinois ne les aperçoivent jamais, mais lorsqu'ils paraissent, tous savent que le malheur n'est pas loin : la mort a une fâcheuse propension à serrer de près ces sinistres augures.

Tout cela, elles le savent, mais elles ne bougeront pas.

En cette nuit de Noël, les diables verts accrochèrent quatre cents vieilles femmes à leur sinistre tableau de chasse. Dans les semaines qui suivirent, deux mille six cents « terroristes » furent déportées vers ces camps du Laogai d'où l'on ne revenait pas. Le 1er mars, matées, les survivantes avaient repris le travail.

« C'était le prix à payer pour la modernisation du pays, avait expliqué Xuan lors d'une soirée au Propaganda. Dans une économie concurrentielle, c'est ça ou disparaître... Nous sommes en guerre, Jonathan, et à la guerre, certains sont parfois sacrifiés pour que le plus grand nombre vive. Cette nécessité, confusément, le plus grand nombre la reconnaît et l'accepte, et c'est pourquoi, lorsque certains périssent, le plus grand nombre se tait. D'ailleurs, tu verras, avant l'été plus personne ne se souviendra de ces folles. »

Le jour de l'inauguration des Jeux, parmi la foule en liesse dans les rues de Pékin comme parmi les dizaines de milliers de touristes étrangers massés dans le stade Jiang Zemin pour la cérémonie d'ouverture, nul ne semblait plus se soucier des « folles » de Shuangfeng.

Jonathan suivait d'un œil distrait la retransmission sur CNN, un peu dépité sans se l'avouer. Xuan lui avait promis un carton pour la tribune d'honneur et au dernier instant s'était dédit. « J'ai oublié, s'était-il excusé. De toute façon, je n'y serai pas non plus. » Sur la pelouse du stade, avec une régularité de métronomes, trente mille gymnastes dessinaient de leurs corps chatoyants les traditionnelles fresques vivantes évoquant les gloires du pays – muraille de Chine, portraits de ses grands hommes, Longue Marche, barrage des Trois-Gorges... La seule forme d'art que la Chine de Mao ait poussée à la perfection, railla Jonathan en observant le synchronisme des évolutions. Art de robots.

À la tribune d'honneur, entouré des principaux dignitaires du régime, le patriarche dont le stade portait le nom savourait sa victoire. Le tableau rappelait à

Jonathan la photo qui était accrochée au-dessus de la caisse de la boucherie de son enfance, où le maître boucher trônait fièrement au milieu de ses employés. Il y avait là Li Peng, ancien Premier ministre et boucher de Tian'anmen, Hu Jintao, président en exercice et boucher du Tibet, et tous les autres, compagnons bouchers, commis bouchers, apprentis bouchers, suintant d'autosatisfaction et prêts, on le sentait, à faire œuvre d'expert à la première occasion. La présence déférente à leurs côtés de chefs d'État étrangers scellait avec éclat la réintégration de leur pays dans la communauté des nations. Mieux, c'était un hommage à sa grandeur, une reconnaissance de son statut nouveau de superpuissance, dont le monde entier, par le truchement de milliers de reporters, était en direct le témoin.

Le journaliste de CNN égrenait d'une voix lasse les commentaires stéréotypés de son dossier de presse.

« ... À présent le célèbre site de Guilin, avec ses pitons rocheux émergeant de la brume matinale... »

Quand soudain il eut comme une hésitation.

« ... Les pêcheurs de Guilin utilisent les cormor... J'ai l'impression qu'il se passe quelque chose... Est-ce que les caméras peuvent nous montrer ce qui se trame sur la pelouse ?... Il semble que les gymnastes y forment des mots, oui c'est bien ça... un slogan est en train de s'inscrire... Je ne pense pas que cela soit prévu au programme, non, on me confirme que non... C'est une manifestation... Incroyable ! Nous avons une manifestation imprévue en pleine inauguration... Grands dieux ! Je ne parviens pas à y croire... Est-ce qu'on pourrait enfin avoir une image ? Y a-t-il ici un cadreur qui connaisse son métier ? »

Enfin l'image parut à l'écran.

Sur toute la longueur du stade, sous les yeux stupéfaits des spectateurs, des invités et de la presse internationale, trente mille corps parfaitement synchrones formaient en caractères géants, en chinois, anglais et français, les mots suivants : JUSTICE POUR LES MARTYRES DE SHUANGFENG.

Sur les gradins, un silence impressionnant tomba. Tous les yeux se tournèrent vers la tribune d'honneur.

Blême et chancelant, le maître boucher se leva, dans l'intention manifeste de se soustraire très vite à ces regards inquisiteurs. Et il disparut en effet, mais de manière plus expéditive qu'il n'aurait voulu.

Car à l'instant précis où il tournait le dos, dans une immense boule de feu, la tribune sauta.

Interrompue presque aussitôt, la retransmission ne reprit jamais. Jonathan se connecta sur Internet, mais les serveurs d'accès ne répondaient plus. Il chercha à joindre Xuan : tous ses numéros sonnaient occupés. Comme toujours aux heures les plus noires de son histoire, l'Empire du Milieu se retranchait du monde.

Il courut en ville, avide de nouvelles. Dans les faubourgs de Canton, des attroupements immenses se formaient, et sur les calicots toujours la même inscription : JUSTICE POUR LES MARTYRES DE SHUANG-FENG.

De bouche en bouche, la rumeur, incontrôlable... *Jiang est mort, avec la quasi-totalité du Comité central... Les Jeux sont annulés... Les étrangers sont consignés dans leurs hôtels en attendant d'être autorisés à quitter le pays... Les camarades de Pékin ont incendié le Zhongnanhai... L'Armée a décrété la loi martiale... Elle ouvre le feu sur les émeutiers...*

Et comme pour lui donner raison, les premiers tirs d'armes automatiques.

Jonathan rentra chez lui et se barricada.

Vers une heure du matin, entouré de ses gardes du

corps plus inquiets que jamais, Xuan débarqua, hagard :

— Tu dois partir.

— Mais... Les malades ? La clinique ?

— Il n'y a plus de clinique. Saccagée, brûlée. C'est la guerre. Prends le minimum, une valise maxi.

Elle fut prête en un instant, celle-là même avec laquelle il était arrivé, quatre années auparavant.

Précédée d'une voiture de la police militaire, toutes sirènes hurlantes, la Benz blanche filait sur l'autoroute de Zhuhai. Les frontières étaient déjà bouclées, mais Xuan se faisait fort de le faire passer par Macao, où l'attendait un de ses porte-containers en partance pour Yokohama.

— C'est tout ce que je peux faire pour l'instant. Quand les choses iront mieux, je te rappellerai.

Jonathan ne répondit pas, et jusqu'à Macao ils n'avaient plus échangé une parole.

Au pied de la passerelle, Jonathan n'y tint plus :

— Xuan...

— Oui ?

— Cette bombe...

Durant tout le trajet, il n'avait cessé d'y penser. La tribune d'honneur... Le carton d'invitation promis et au dernier moment « oublié »... « Je n'y serai pas non plus »... Lui, Monsieur Ho, prince des princelings, artisan secret de ces Jeux, pas présent à la tribune d'honneur ?

— ... tu savais, n'est-ce pas ?

Xuan avait hésité un instant puis, l'étreignant une dernière fois, lui avait soufflé à l'oreille :

— Certains doivent périr pour que le plus grand nombre vive.

Sitôt débarqué à Yokohama, Jonathan s'était jeté sur les journaux. Des millions de spectateurs étrangers avaient vécu la tuerie en direct.

L'Armée avait confisqué à l'embarquement tout ce qui ressemblait à un appareil de prise de vue, mais n'avait pu empêcher que des milliers de clichés, tous plus atroces les uns que les autres, réussissent à trouver le chemin des agences de presse et salles de rédaction internationales. Négligeant les cahiers entiers de témoignages et de descriptions, Jonathan sauta directement aux commentaires. Tous désignaient l'université Zhongshan de Canton comme l'épicentre du séisme.

Les femmes de Shuangfeng avaient des enfants, dont un grand nombre à Zhongshan : c'était précisément pour payer leurs études, pour qu'ils connaissent un sort meilleur qu'elles s'étaient échinées douze heures par jour, trois cent soixante jours par an, sur les métiers rouillés de l'usine. Dans le plus grand secret, ces gosses avaient créé le mouvement JUSTICE POUR LES MARTYRES DE SHUANGFENG qui, d'université en université puis d'étudiant à employé, d'employé à ouvrier, d'ouvrier à paysan, avait gagné tout le pays et toutes les couches de la société. Les Jeux de Pékin approchaient, occasion unique de populariser leur cause. Ils avaient décidé d'en faire leur tribune, misant sur la présence de millions de touristes étrangers pour les protéger. Calcul désastreux s'il en fut jamais, auquel Jonathan ne trouvait qu'une excuse : la plupart de ces candides n'étaient pas nés lors de la tragédie de Tian'anmen – qui avait vu des milliers de leurs aînés se faire massacrer sous les yeux effarés mais impuissants de centaines de journalistes – et n'avaient pas davantage entendu parler de Kigali ni de Srebrenica – où des dizaines de milliers de vieillards, femmes et enfants furent passés par les armes sous le regard pour le moins complaisant des casques bleus français mandatés par l'ONU pour les protéger.

Mais comment trente mille étudiants, venus de quarante-six universités différentes, avaient-ils pu répéter maintes et maintes fois et en secret leur spectaculaire démonstration ? Comment une manifestation de cette ampleur avait-elle pu s'organiser, des mois durant, sans attirer l'attention des services de sécurité ? Et comment une bombe sous la tribune présidentielle avait-elle pu échapper à leur vigilance ? Les commentateurs n'y voyaient que la marque de la déliquescence d'un régime incapable d'assurer sa propre sécurité, et à qui l'arrogance aurait fait perdre tout sens du danger.

Mais pour Jonathan, il n'y avait pas le moindre doute : c'était la preuve que quelque part, très haut dans l'appareil de l'État, une main discrète mais toute-puissante s'était étendue sur le mouvement et l'avait protégé.

De retour à Paris, Jonathan était descendu au Lenox, rue de l'Université. Le produit de la vente de la Patek lui aurait largement permis de s'offrir le Ritz mais, avec sa vue imprenable sur les toits de Saint-Germain-des-Prés, ce duplex charmant lui avait paru un compromis plus raisonnable entre son goût du luxe et le niveau, certes rassurant, mais tout de même limité, de ses ressources. « Quand les choses iront mieux, je te rappellerai », avait promis son ami. Mais après tout, nul ne pouvait dire combien de temps cela prendrait.

S'il avait su, il aurait vécu autrement. Mais les manières de grand seigneur acquises auprès de Xuan avaient la peau dure. On ne convertit pas du jour au lendemain en anachorète un dandy endurci, et en plein Eternity Rush la capitale offrait plus de tentations que n'en aurait supporté saint Antoine en personne.

Deux ans plus tard, de la Patek il ne restait rien. Il avait quitté le Lenox à la cloche de bois, pour une chambre miteuse dans un hôtel borgne de la gare du Nord.

En Chine, la guerre civile faisait rage. De Xuan,

nulle nouvelle. Parfois, Jonathan se demandait si son ami était encore en vie.

Il fallut songer à faire rentrer quelque argent. La rencontre au coin d'une rue d'un ancien compagnon de cellule lui parut providentielle : justement, il avait un job pour lui.

En recousant son premier truand, il eut une pensée tendre pour le vieil Yitsac. Au second, il se crut tiré d'affaire. Au troisième, il tomba : huit mois fermes, eu égard à ses états de service antérieurs. « Je vous avais prévenu ! » s'était écrié le surveillant-chef de la maison d'arrêt en l'accueillant d'un air navré.

À sa libération, il avait rejoint sur le pavé les sinistrés du Mardi Noir.

La faim chronique a cela de bon qu'elle vous absorbe totalement dans la quête du rogaton propre à l'apaiser. Obsession miséricordieuse qui, en vous emmurant dans l'instant présent, vous immunise contre tout remords, tout projet, tout attendrissement. Le hasard voulut qu'il venait de croûter quand il tomba sur un exemplaire déjà ancien du *Herald Tribune*, qui parmi d'autres détritus traînait sur le sol du squat où il avait trouvé refuge. Dehors, il neigeait trop pour faire la manche, et à cette heure la voirie était passée et les poubelles vides. Il disposait encore de quelques minutes de jour et de toute façon n'avait rien de mieux à faire. Il ouvrit le journal et presque aussitôt tomba sur le titre : JEUX OLYMPIQUES DE PÉKIN : NOUVELLES RÉVÉLATIONS.

S'appuyant sur le témoignage de meneurs du mouvement Justice pour les Martyres de Shuangfeng réfugiés aux États-Unis, l'article exposait une version des événements très différente de la thèse admise jusque-là. La bombe, assuraient en substance les anciens étudiants, ce n'était pas nous... Nous avons été manipulés. Quelqu'un a voulu nous faire porter le chapeau. Mais au reporter qui leur demandait d'identifier ce mystérieux quelqu'un, ils se contentaient de répondre à la chinoise, sans se compromettre : « À qui profite le crime ? »

Ces profiteurs, le *Herald Tribune* avait moins de scrupules à les désigner. Après une décennie de chaos, toute trace de l'ancien régime avait disparu, et de ses cendres un ordre nouveau avait émergé, conduit par des hommes soi-disant nouveaux, mais que les vieux connaisseurs du Céleste Empire identifiaient sans peine, car ils n'étaient autres que les rejetons de ces gérontes que la tourmente avait balayés. À la faveur de la crise, les princelings s'étaient emparés du trône des empereurs déchus.

Ayant eu vent de la manifestation qui se préparait, ils avaient, avec la complicité de l'Armée, truffé de pentrite la tribune présidentielle. En la faisant sauter à l'instant précis où le slogan JUSTICE POUR LES MARTYRES DE SHUANGFENG apparaissait sur la pelouse, ils faisaient d'une pierre deux coups : d'une part, ils se débarrassaient des caciques du régime – leurs propres pères ! – qui en s'accrochant stupidement au dogme de la primauté du Parti freinaient la libéralisation de l'économie et, partant, l'essor de leurs affaires ; et de l'autre, ils donnaient un prétexte légitime à la répression brutale de leurs opposants, de plus en plus nombreux dans la société civile et que, sous couvert de la sacro-sainte lutte contre le « terrorisme international », ils pouvaient désormais liquider sans souci du qu'en-dira-t-on.

Quant au rôle de Xuan, Jonathan ne l'avait appris que récemment. « Quand les choses iront mieux, je te rappellerai », avait-il promis. Simplement, avant que les choses n'aillent mieux, il avait fallu attendre douze ans, douze longues années de guerre civile pour l'un, de descente aux enfers pour l'autre.

— Je ne parviens pas à m'expliquer comment ils font.

Les dîneurs s'interrompirent, interloqués. Quelle mouche le piquait ?

— Je ne comprends pas comment ils font, s'obstina Bob en désignant les reliefs du repas. Caviar, saumon, vodka... et maintenant champagne à volonté. Il y en a pour soixante euros, au bas mot. Comment s'en sortent-ils ?

— Le banquier revient au galop, ironisa Nadège, un peu éméchée.

— Vous pouvez bien railler, coupa-t-il sèchement. Vous rirez moins quand il n'y aura plus d'argent dans les caisses.

— Plus d'argent dans les caisses ! fit-elle en prenant les autres à témoin de cette énormité. Plus d'argent dans les caisses, vous entendez ça ?

Et se tournant vers son voisin :

— Vite ! Encore un peu de champagne, fit-elle mine de supplier. Avant qu'il n'y en ait plus.

Jusque-là, avait noté Jonathan, le niveau d'anxiété

avait baissé sensiblement. Était-ce le fruit des apaisements qu'il leur avait prodigués, du service irréprochable des Wagons-Lits, du semblant d'ordre social qui s'était constitué autour de Bob et Nadège ? Petit à petit, le groupe avait fait taire ses interrogations, et à présent rejetait tout ce qui ressemblait peu ou prou à l'expression d'une inquiétude. Parmi les remèdes anxiolytiques, la volumineuse brochure de Clifford Estates tenait une place de choix, c'est vers elle qu'ils se tournaient quand le doute les reprenait, tels des croyants ranimant leur espérance au contact du livre sacré. Mais cette fois, le rituel dérapa. Déjouant leurs défenses, la remarque toxique de Bob – maladroitement contrée par son épouse – avait fait son chemin dans les esprits. En vérité, derrière leur confiance de façade, ils ne demandaient qu'à rechuter. Il y eut une question d'apparence anodine, formulée par l'un d'eux au détour d'une page de la brochure, tandis qu'ils s'extasiaient sur la qualité des constructions, le fini de la décoration, le nombre des équipements de loisir et la variété des services :

— Combien croyez-vous que tout ça coûte ?

— Infiniment moins cher que chez nous, contrecarra aussitôt Nadège, déclenchant une avalanche d'arguments, comme si chacun avait voulu apporter sa contribution à la conjuration de la menace.

— Ce capital que l'Union verse aux Concessionnaires pour chacun d'entre nous, ça semble peu de chose, mais c'est énorme quand on le multiplie par les cent millions que nous sommes, dit l'un.

— D'autant qu'il y a des banquiers parmi eux : on peut leur faire confiance pour faire fructifier leur argent, confirma un autre...

— Ils font des économies considérables en regroupant leurs achats, pour les fournitures, les médicaments, la nourriture, les travaux..., enchaîna un troisième.

— Et ils ont l'expérience, tous les grands groupes hôteliers se retrouvent parmi les actionnaires...

— Il y a aussi des firmes pharmaceutiques : pour elles, nous sommes une clientèle captive, nos médicaments, nous ne les prendrons pas chez leurs concurrents. Une concession, c'est un vrai monopole !...

— Et s'il n'y avait que les médicaments ! Mais il y a tout ce qu'ils nous vendront en plus, comme dans les avions : les cigarettes, l'alcool, les cadeaux...

— Oui, oui, et les journaux, les magazines...

— Les vêtements... Les services, la poste, les banques...

— Et nos voyages, nos excursions, tout ce qui n'est pas inclus dans notre forfait...

— Et les dépenses de nos familles quand elles nous rendront visite...

— Et d'abord, qu'est-ce que vous craignez ? s'étonna l'antiquaire du Marais. Regardez la brochure : si c'étaient de simples illustrations, je ne dis pas, on pourrait dire qu'ils enjolivent. Mais ce sont bien des photos réelles de constructions réelles...

— Des photos, ça se truque, contra un sceptique.

— Et les reportages à la télé, ils étaient truqués ?

— S'il y avait des plaintes, on l'aurait su, observa timidement la femme de l'antiquaire.

— De toute façon, rappela Nadège, péremptoire, ce qu'ils nous doivent est stipulé de manière très précise dans le cahier des charges.

— C'est vrai, approuvèrent-ils, unanimes.

Tout figurait en effet dans le cahier des charges : le nombre de calories du petit déjeuner, la largeur des lits, la qualité et le poids du rembourrage des couettes – 30 % duvet d'oie, 70 % duvet de canard, traitement antifongique et antiacariens –, la contenance des baignoires, les variations maximales de température et d'hygrométrie des pièces, les normes à respecter pour les installations électriques et la plomberie, le temps moyen minimum entre deux changements d'ampoule, le délai maximum d'intervention des dépanneurs, la certification ISO obligatoire pour les services hôteliers et médicaux, la qualification requise pour chaque catégorie de personnel, en tout douze cent trente-huit pages de prescriptions en petits caractères couvrant jusqu'aux aspects les plus futiles de leur vie quotidienne et qui dans leur précision maniaque n'avaient rien à envier aux fameux règlements de la Commission européenne sur la longueur des bananes, le nombre maximum de queues de souris par tonne de céréales ou la teneur en matière grasse du fromage de chèvre cru. La brochure, c'était peut-être du rêve, mais le cahier des charges, c'était du concret.

— Allez, triompha Nadège. Ce ne sont pas des philanthropes. Ils savent compter : s'ils ont signé ce contrat avec l'Union, faites-leur confiance, c'est que l'affaire est rentable.

Apparemment satisfaits par cette conclusion frappée au coin du bon sens, chacun se disposa à s'endormir.

Mais Jonathan ne se faisait guère d'illusion. Il y aurait d'autres alertes. En raison même de leur caractère exagérément assuré, de la ferveur toute catéchétique avec laquelle ils avaient été débités, leurs arguments trahissaient en réalité une irréductible angoisse, avec laquelle il savait qu'il lui faudrait compter jusqu'au bout du voyage.

D'autant que si, pour l'heure, l'inflammation semblait contenue, le foyer en demeurait dangereusement actif.

Bob en effet n'était pas de ceux qui s'avouaient facilement vaincus. Les arguments de bon sens ne l'impressionnaient pas. Il avait passé sa vie à se méfier des business plans – ces appâts en forme de tableaux chiffrés, destinés à ferrer l'investisseur en mal de placement, dont la dernière ligne faisait invariablement apparaître un profit aussi astronomique qu'improbable. Dans le milieu sans complaisance des banquiers d'affaires, il s'était taillé une flatteuse réputation de débusqueur de lézard, de renifleur de coup fourré. Il n'avait pas son pareil pour mettre le doigt sur l'hypothèse aventureuse, la prévision hasardeuse, l'extrapolation sans fondement, la généralisation hâtive, l'estimation « conservatrice » pas si conservatrice que ça, dont une variation infinitésimale, se propageant en s'amplifiant de la première à la dernière ligne du tableau, suffisait à transformer en perte certaine le bénéfice annoncé. Aussi, quand Bob ne gobait pas une mouche, valait-il mieux généralement s'abstenir.

Il avait trouvé en Benoît un allié inattendu. Appréciait-il la tournure sceptique, limite parano, de son esprit ? Lorgnait-il plus prosaïquement son ordinateur portable – le seul disponible dans le train ? Ou avait-il conclu qu'un personnage s'étant si spontanément acquis l'aversion de son épouse ne pourrait que lui être sympathique ? Ils étaient devenus inséparables. Sitôt ses repas avalés, Bob prenait congé de sa moitié et filait rejoindre son complice dans le compartiment vide dont ils avaient fait leur QG, deux voitures plus loin, et dont ils ne ressortaient, avec des mines de conspirateurs, qu'au petit matin.

Jusque-là, Jonathan n'avait pu qu'observer de loin

leur manège, un peu marri de n'être pas de la partie. Aussi s'était-il senti flatté quand, alors que la plupart avaient déjà trouvé le sommeil, Benoît l'avait invité à les rejoindre.

— Bienvenue dans notre nid d'espions, s'exclama Bob en l'apercevant.

— Je ne te présente pas Xiao Rong, fit Benoît, d'un ton qui se voulait protocolaire mais qui ne celait rien de ses sentiments envers elle.

— J'ai déjà eu le plaisir de la rencontrer, répondit Jonathan en la scrutant, anxieux de savoir si ce plaisir était partagé.

— *Ni hao !* fit l'intéressée d'un ton neutre.

— Une petite verveine ? s'enquit Bob.

— Tiens, vous buvez de ça, vous aussi ? s'étonna Jonathan qui se souvenait de son penchant pour les boissons fortes.

— Un bon litre tous les soirs à partir de minuit. Une manie de vieux garçon, *dixit* ma chère épouse, qui rouspète parce que ça m'oblige à me lever plusieurs fois par nuit.

Puis, tout en lui servant sa tisane, il commença.

— Xiao Rong nous a été d'un grand secours...

Quand il eut fini ses explications, Jonathan eut peine à dissimuler son dépit. Passe encore qu'ils se soient réunis dans son dos. Passe à la limite qu'ils se soient attelés à un tel travail sans lui en souffler mot. Mais que, pour obtenir des données sur la Chine, ils se soient adressés à quelqu'un d'autre que lui montrait bien le peu de cas qu'ils faisaient de son expertise. Tandis qu'il amusait la galerie de ses clichés, anecdotes et autres récits pittoresques, les deux comploteurs s'étaient tournés vers une source d'information concurrente, apparemment la seule qui à leurs yeux présentât les garanties de sérieux requises.

Il s'agissait rien moins que de reconstituer, à partir de ses composantes élémentaires, le business plan de Clifford Estates, entreprise titanesque que seuls avaient pu concevoir des désespérés placés devant la perspective d'interminables journées d'oisiveté forcée dans les parages de Nadège. Ainsi Jonathan était-il jadis venu à bout de *À la Recherche du temps perdu* lors de vacances d'été s'éternisant plus que de raison, et des *Écrits* de Lacan en prison.

Le but était de répondre une fois pour toutes à la question qui taraudait Bob : comment les Concessionnaires parvenaient-ils à tenir les promesses de la brochure et les obligations du cahier des charges, sachant que leurs recettes – le capital que l'Union leur versait pour chaque retraité – étaient fixes, alors que leurs dépenses, elles, augmenteraient forcément, l'espérance de vie de leurs pensionnaires s'allongeant régulièrement et le coût de la vie en Chine s'élevant inévitablement à mesure qu'elle se développait ? Ou, comme l'exprimait Bob plus poétiquement : combien de temps pourront-ils nous engraisser à ce rythme ?

La méthode, expliqua-t-il, était des plus simples : chiffrer dans une première colonne l'ensemble des dépenses qu'impliquait le strict respect du cahier des charges, compte tenu des conditions économiques favorables prévalant en Chine et des remises de prix pour achats en quantités ; évaluer en face les revenus que les Concessionnaires pourraient tirer du placement de leur capital ainsi que de la vente de produits dérivés et de services annexes ; tirer un trait ; faire les totaux et comparer.

— De deux choses l'une, conclut Bob : ou bien il reste un bénéfice pour rémunérer les Concessionnaires et tout va pour le mieux dans le meilleur des mondes possibles. Ou bien il y a déficit, et on est mal partis.

— Notre problème, c'est de trouver les prix, commenta Benoît en lui montrant sur son ordinateur l'immense tableau à quoi ils avaient réduit Clifford Estates. Les chiffres en rouge sont des estimations provisoires, en noir, des valeurs vérifiées. Quand nous aurons fini, toutes les cases devront être noires. Xiao Rong nous a aidés à en noircir quelques-unes. Ici, par exemple, les dépenses d'énergie, ici celles pour l'alimentation, là encore, les équipements domestiques spécifiés dans le cahier des charges, et là les charges salariales...

Dans leur immense majorité, les cases étaient encore rouges.

— Un vrai travail de bénédictin, s'exclama Jonathan, pensif.

— On s'est dit que tu pourrais nous donner un coup de main, au moins pour le secteur que tu connais bien.

Ça avait l'air simple mais ça ne l'était pas. Chaque poste de dépense donnait lieu à des discussions sans fin. Xiao Rong, en particulier, semblait prendre un malin plaisir à le contredire :

— ... Je vous assure, docteur, même à la campagne, une infirmière aujourd'hui gagne bien plus que ça... La dernière fois que j'ai acheté du Mopral pour ma mère à Pékin, il coûtait déjà 400 yuans... J'ai une amie dentiste, son fauteuil lui a coûté plus du double de ce que vous dites, et encore, il était de fabrication chinoise...

Pour finir, il dut reconnaître que, plus de douze ans après son départ de Chine, il était bien possible que ses infos ne fussent plus de première fraîcheur. Bob quant à lui en tirait une autre conclusion, pas vraiment optimiste :

— Si vraiment, comme le suggère votre discussion, les prix ont doublé en douze ans, ça veut dire que le taux d'inflation pendant cette période était supérieur à 5 % par an, bien plus que le chiffre officiel que nous avions retenu comme base de calcul.

Et à 5 %, l'ordinateur de Benoît était formel : Clifford Estates déposait son bilan en moins de six ans.

Jonathan fit valoir qu'il ne s'agissait là après tout que de prix de détail et que les prix de gros pouvaient être infiniment plus avantageux.

— Prenez l'AZT, rappela-t-il. Lorsqu'en 2001 le gouvernement sud-africain a obtenu en justice le droit de produire lui-même ce médicament contre le sida, le fabricant qui en détenait le brevet lui a consenti 90 % de discount ! Et, même à ce prix, il faisait encore des bénefs.

La confrontation se prolongea tard dans la nuit. Arguments et contre-arguments s'annulaient mutuellement, si bien qu'ils ne progressaient guère.

— À ce rythme, on n'en viendra jamais à bout ! lâcha Benoît, découragé.

— Et encore, les dépenses de santé, c'était le plus facile, remarqua Bob. Nous avions un expert sous la main. Mais il reste des secteurs entiers où nous n'avons pas la moindre expérience. Qui nous dira, par exemple, combien a coûté la construction de ces villas ?

— Pourquoi ne pas se contenter d'estimations à la louche ? suggéra Jonathan qui paraissait se prendre au jeu. Après tout, serait-ce si grave si les dépenses d'alimentation se révélaient 10 ou 20 % plus élevées que nous le pensions ?

— Vérifions, dit Benoît en ouvrant son laptop.

Quelques touches plus tard, les prix du beurre et du steak avaient doublé.

— Tu as raison, dit Benoît. Ça ne change pratiquement rien au résultat. En revanche...

Il tapa sur son clavier.

— ... en revanche, chaque fois que l'indice des prix à la construction augmente de 1 %, le bénéfice de Clifford Estates baisse de deux points.

Cette découverte leur simplifiait grandement la tâche : il y avait des prix dont la variation en plus ou en moins n'avait qu'une faible incidence sur le résultat final, et qu'on pouvait par conséquent se contenter d'estimer à la louche, et d'autres dont l'impact était tel qu'ils ne souffraient pas la moindre approximation. Benoît calcula que ces derniers ne représentaient pas plus du quart des postes de dépenses.

— Concentrons-nous en priorité sur ceux-là.

— Mais, insista Bob, cette simplification a une contrepartie : sur ces postes critiques, nous n'avons droit à aucune marge d'erreur.

— Nous voici donc ramenés au problème précédent : comment se procurer des prix fiables ?

L'enthousiasme tomba une fois encore. Ils n'avaient fait que tourner en rond.

— Et si tout bonnement nous les demandions à ceux dont c'est le métier ? avança soudain Xiao Rong.

Elle s'expliqua. Vivant pour l'essentiel de la vente de ses produits à l'étranger, la Chine s'était transformée en une formidable machine à exporter. Du presse-purée aux pièces détachées pour Airbus ou Boeing en passant par les téléphones mobiles et les tee-shirts, la totalité de ses transactions commerciales avec le monde extérieur passait par ses compagnies nationales d'import-export, spécialisées par secteur d'activité. Ce système – qui lui permettait de limiter la concurrence entre ses propres entreprises tout en exacerbant celle de ses partenaires étrangers – offrait aux acheteurs tous les avantages d'un guichet unique : extrêmement efficaces, les compagnies se chargeaient d'identifier les fournisseurs, de leur soumettre les spécifications des clients, de négocier les prix, puis, la commande passée, d'acheminer la marchandise et d'en sécuriser le paiement.

Déjà redoutable, leur efficacité s'était encore accrue avec la généralisation d'Internet, qui leur avait permis de mettre en place de véritables marchés électroniques, sur lesquels les donneurs d'ordres publiaient leurs appels d'offres et obtenaient, presque en temps réel, les devis des fournisseurs.

— L'acheteuse de textile d'une chaîne européenne d'hypermarchés cherchant d'urgence vingt mille blousons de jean obtient ainsi en quelques heures, sans bouger de son bureau parisien, les propositions des principaux fabricants chinois.

Ils se regardèrent, un peu vexés de n'y avoir pas songé eux-mêmes.

— Mais bien sûr ! s'exclama Benoît. Consultons directement les fournisseurs.

— Mettons-les en concurrence, approuva Bob. De la sorte, nous serons certains d'obtenir les meilleurs prix.

— Quelques e-mails, et nous serons fixés ! confirma Xiao Rong.

— Vous avez bien une liaison Internet sur votre PC ? demanda Bob soudain inquiet.

— Quelle question ! fit Benoît. Mais ne perdons pas de temps ! Je ne suis pas sûr que nous pourrons encore nous connecter quand nous traverserons la Mongolie...

Sans désemparer, ils se mirent au travail.

Et dans leur enthousiasme, c'est à peine s'ils remarquèrent que Jonathan s'était retiré.

Le train dodelinait sans hâte dans l'immense nuit russe. Depuis quand avait-on quitté la voie à très grande vitesse ? Tout à ses obligations diurnes, Jonathan n'avait rien remarqué, mais à présent, le calme et l'obscurité revenus, le contraste était assourdissant. Sans s'en rendre compte, à un point donné du parcours, ils avaient fait un bond d'un demi-siècle en arrière. Tout un monde de sensations oubliées avait resurgi – celui des expéditions de son enfance, quand l'été venu, la famille au grand complet prenait le train pour Saint-Gervais Le Fayet, La Croix-Valmer ou Cauterets –, staccato lancinant des boggies à la jonction des rails courts, secousses et crissements exquis au passage des aiguillages, roulis vertigineux au dévers des courbes, vrombissements tonitruants au franchissement des ponts de fer. Vibrations, battements et pulsations magiques que dans ses TGV – avec leurs rails de velours, leurs ballasts stabilisés et leurs ouvrages d'art inertes – l'écolier désormais n'entendait plus, sourd à jamais à la musique d'un Cendrars, d'un Dos Passos ou d'un Morand.

La nuit était bien là, et les souvenirs, et le bercement propice de la voiture. Pourtant le sommeil espéré ne venait pas. Quelque part dans son cerveau, au creux d'une circonvolution, une braise mal éteinte s'était ravivée. Il avait bien tenté de lutter, d'allumer des contre-feux, mais rien n'y avait fait : neurone après neurone, le visage de Xiao Rong avait embrasé son esprit.

Elle avait tout pour le séduire, et pourtant d'instinct il s'en méfiait. D'elle, elle n'avait rien livré de plus qu'un nom. Mais *Xiao Rong* – « Petite Rong » – n'était pas un nom, tout juste un sobriquet affectueux comme on s'en donnait entre amis d'enfance ou entre amants, ou comme ces pseudonymes dont les hommes d'affaires étrangers se plaisaient à affubler les catins qui leur tenaient lieu de secrétaires, quand ils ne les baptisaient pas d'office Muriel ou Betty. Or, sa confiance en elle, l'autorité, le mordant dont elle faisait preuve dans les discussions dénonçaient à l'évidence la femme d'influence – voire de pouvoir –, l'absolu contraire en tout cas de ce que laissait entendre ce *Xiao* diminutif.

Combien de temps avait-elle vécu en France ? Longtemps, même si à l'évidence elle n'y était pas née. Excellent, son français témoignait d'une immersion ancienne et continue en milieu francophone, mais n'en conservait pas moins les caractéristiques d'une seconde langue, acquise sur le tard, et qui, dans les familles d'immigrés, ne s'estompent qu'à la seconde, voire à la troisième génération. Trop âgée donc, et trop acculturée déjà, pour appartenir à la vague la plus récente d'immigrants, celle qu'à Vienne il avait qualifiée de *relève*. Mais peut-être était-elle de ceux qui avaient fui, voici douze ans, la terreur qui s'était abattue sur la

Chine après les JO de Pékin ? Ou de ceux qu'avait chassés la guerre civile qui s'était ensuivie ? Peut-être était-elle arrivée avec des diasporas plus anciennes encore, celle de Tian'anmen, celle des rescapés de la Révolution culturelle, celle des survivants du Grand Bond en avant et de ses trente millions de morts... ?

Quoi qu'il en fût, il devrait être vigilant. À l'origine de l'exil de cette femme, il y avait sans doute un drame. Un mot de travers de sa part, un commentaire irréfléchi sur ces événements tragiques, et il se l'aliénait pour toujours.

Non qu'il fût enclin à la séduire. Il n'était ni du genre à disputer aux autres leurs conquêtes, ni surtout à investir dans une entreprise sans lendemain. Dès l'instant où il avait compris la nature des liens qui s'étaient instaurés entre Xiao Rong et Benoît, il s'était résigné à perdre à la fois le seul compagnon de voyage dont la conversation le divertissait et la seule femme qu'il eût pu désirer. Mais le magnétisme de la belle Chinoise ne s'exerçait pas seulement sur Benoît. Elle était en position de lui ravir son ascendant sur le groupe. À plusieurs reprises, au cours de leur réunion, elle n'avait pas hésité à lui porter la contradiction et, chaque fois, avait pris l'avantage. À défaut de la subjuguer, au moins faudrait-il se la concilier.

Pourtant, son instinct lui disait que ce ne serait pas facile. En prison, son épiderme avait développé une sensibilité spéciale à l'attention d'autrui, sorte de sixième sens qui avertit le prisonnier lorsque le gardien le fixe à travers l'œilleton, ou qui dans la jungle alerte la proie quand l'œil du fauve l'accroche, offrant à ses réflexes la fraction de seconde qui fait la différence entre la mort et la vie. En présence de Xiao Rong, lui venait la désagréable sensation d'être la souris sous le regard du chat.

Du moins la souris savait-elle ce qui lui valait la convoitise du chat. Vingt ans plus tôt, au temps des Patek, Borsalino et blazers de vigogne vierge de Charly, il n'eût pas eu le moindre doute à cet égard. Mais maintenant ?

Se pouvait-il qu'elle l'eût reconnu ? Lui-même avait la vague impression de l'avoir déjà croisée. Mais il avait beau revisiter ses décors d'antan, de dîners en ville en cocktails mondains, de boîtes branchées en bouges sordides, nulle part il ne parvenait à accrocher ce Modigliani.

À présent dans son demi-sommeil les visages de femmes pétillaient comme des bulles de champagne, visions fugaces que rien ne pouvait fixer – qu'il ne fallait surtout pas chercher à fixer, sous peine d'en stopper prématurément l'enivrante effervescence. Femmes-écumes ou femmes remontées des profondeurs, femmes de fortune ou femmes au long cours, femmes désirées en secret et en vain ou femmes effrontément courtisées et cavalièrement conquises, femmes offertes, femmes refusées, femmes dont il savait encore le parfum ou femmes génériques aux traits depuis longtemps estompés, femmes isolées ou entrelacs indistincts de femmes, femmes d'un seul tenant ou femmes éclatées, fragments de femmes, seins orphelins, cuisses sans attaches, ventres à la dérive, cons anonymes...

Au pied de la montagne de chair, la porte. « Demi-tour ! hurle Yitsac, il est encore temps. » Il essaie de s'en détourner, mais elle l'attire, irrésistiblement. « Mon Dieu, faites que je me réveille ! » supplie-t-il dans un reste de lucidité. « Viens », ordonne une voix de l'autre côté. « Fuis, Liebschen », implore Yitsac.

« Il faut que certains meurent pour que le plus grand nombre vive », réplique doctement Xuan, un diablotin entre les genoux. « Plus d'argent dans les caisses ! » ricane Nadège en les inondant de champagne. « Vous entendez ça ? Plus d'argent dans les caisses ! » « Viens, implore la voix derrière la porte, mais viens donc ! » Dans le réduit carrelé de blanc un cygne de ses longs ongles rouges lui tend une coupe en souriant : « Bollinger récemment dégorgé, votre préféré, si je ne m'abuse. » Fasciné, il franchit le seuil interdit, et soudain le sourire de Xiao Rong en rictus se mue, et sous lui le sol de carrelage blanc s'ouvre, et l'abîme le happe, et il tombe, tombe, tombe... Et au fond du creuset, comme une gigantesque fleur aux pétales de chair, les carcasses de porcs. Et l'homme casqué de blanc hurle : « Libérez le vent ! » Et maintenant les odeurs, pestilentielles. Odeur d'œuf pourri et de corne brûlée. Odeur de charnier. Odeur de vomi... « Docteur... »

Et la nausée qui le prend...

Et l'envie de dégueuler à son tour...

« Docteur ! Docteur ! »

— Docteur ! Docteur ! implorait la silhouette penchée sur lui dans le noir.

— Qu'est-ce qui pue comme ça ? demanda Jonathan. C'est infect !

— Personne ne sait, répondit l'ombre. Ça vient du dehors. Tout le monde est malade.

— Pourquoi n'a-t-on pas de lumière ? Et pourquoi est-on arrêté ?

— Une panne. Ça dure depuis vingt minutes déjà. Venez, s'il vous plaît. Les gens ont besoin de vous.

Il n'y avait plus rien à faire. Par un processus d'émulation bien connu, une réaction en chaîne s'était amorcée, les vomisseurs entraînant dans leur sillage ceux qui n'avaient pas encore vomi. La boucle infernale ne s'arrêterait que faute d'aliment, quand dans un dernier spasme la dernière panse aurait expulsé le dernier grain de caviar. Il fallait s'en faire une raison : avant peu, tout le train aurait perdu contenance. Il fit donc ce que fait tout médecin quand il n'y a plus rien à faire : tchatcher. *Non, ce n'était rien de grave... Non, ce n'était pas une intoxication alimentaire... Non, ça n'avait rien à voir avec leur traitement... Non, il valait mieux s'abstenir de boire quelque temps... Oui, cela irait mieux dès que le train aurait repris sa route...*

Il termina sa nuit à arpenter ainsi de bout en bout le champ de bataille, tel un généralissime évaluant ses pertes au soir d'un désastre, réconfortant les agonisants d'une tape paternelle sur la joue, encourageant d'une plaisanterie les plus vaillants. Quand l'aube revint, ils étaient toujours aussi malades, mais n'en chantaient pas moins avec ferveur les louanges du « bon docteur ».

La cause de leur mal ne leur apparut que graduellement, avec les premières lueurs du jour. D'abord, juste en contrebas du remblai où ils se trouvaient, la silhouette d'un wagon, du genre tombereau, se chargeant par le haut et que l'on bâche une fois empli. Puis, émergeant l'un après l'autre de la brume, d'autres, arborant fièrement sur leurs capotes vertes le vert blason de leur propriétaire, GLOBAL WASTE. Enfin, la gare de triage, démesurée, un monstre de gare, avec des centaines de voies parallèles, des milliers d'aiguilles, où des dizaines de milliers de tombereaux tous identiques – de verts tombereaux Global Waste – attendaient que le courant revienne pour repartir en convoi vers quelque verte usine Global Waste dans quelque verte steppe de l'Est.

Soudain le monstre s'ébroua. Les locos de manœuvre se remirent en marche, poussant les wagons sur des rampes d'où ils dévalaient en roue libre vers l'une ou l'autre des files en formation en contrebas, où des portiques automatiques les saisissaient, les séparaient de leurs essieux, et en transbordaient les châssis orphelins sur des boggies à empattement plus large attendant sur une voie parallèle. Ici, les verts wagons en provenance de l'Europe entière étaient chaussés de neuf avant de poursuivre leur route sur l'ancien réseau à voie large de l'ex-Union soviétique. Le jus ignoble qui en ruisselait tandis que les grues les soulevaient ne laissait aucun doute quant à leur contenu : dans chacun de ces containers tout de vert bâchés, des tonnes de carcasses putrides fermentaient.

III

La mort en Mandchourie
Est notre débarcadère
est notre dernier repaire.

BLAISE CENDRARS
Prose du Transsibérien

Clifford Estates, 13 h 36

Le jazz-band, bien décidé à éreinter Trenet jusqu'au bout, entonnait *La Mer*, trop lentement cette fois. Les décorateurs se sont surpassés, apprécia Jonathan en sautant du marchepied. Avec son ossature de fonte moulée, ses verrières historiées, ses murs ornés de délicats azulejos, la gare de Clifford Estates n'avait rien à envier à celle d'une station chic de la Belle Époque, Biarritz, Davos ou Baden-Baden. Tout semblait avoir été conçu pour offrir aux arrivants un décor familier, susceptible d'amortir le choc du dépaysement, d'adoucir le stress de l'exil.

Devant chaque portière, un groom chinois en uniforme rouge et képi d'opérette attendait avec un porte-bagages.

— On ne lésine pas sur le service, constata un voyageur satisfait.

— Chut, l'interrompit Nadège. Maudite musique ! On ne comprend rien à ce qu'ils disent.

Au léger accent près, la Chinoise qui débitait les annonces parlait pourtant un français impeccable.

« Bienvenus à Clifford Estates. Nous vous prions

d'accepter nos excuses pour les inconvénients subis... Veuillez vérifier les étiquettes de vos valises avant de les confier aux bagagistes... Prenez garde de ne pas égarer le récépissé qui vous sera remis... Notre personnel est heureux et fier de vous servir et en conséquence n'accepte aucun pourboire... »

— Elle dit...

— Oui, ça va, je ne suis pas sourde. Trouvez-nous plutôt quelque chose à boire... Il doit bien y avoir une buvette.

De l'eau. Rescapés d'un des déserts les plus arides de la planète, tous à cet instant n'avaient que cette seule obsession.

— *Water !* réclamait Nadège avec force gestes comiques. *Water ! Understand ?* Imbécile !

Retrouvant ses usages civilisés, elle houspillait les bagagistes qui n'en pouvaient plus, exigeant de voir leur directeur.

— ... *The manager, understand ? The boss !* Mais ils sont complètement idiots, ma parole !

Au grand désespoir du personnel, submergé par l'émeute naissante, quatre cents gorges altérées par deux jours de Gobi se répandaient déjà sur les voies, en quête d'un robinet, d'un point d'eau, d'une simple flaque même, quand un mot tombé des haut-parleurs les stoppa net.

— Qu'est-ce qu'ils racontent ?

— Je n'ai pas entendu.

— Il était question de rafraîchissements, je crois.

— Chut !

— Chut ! firent-ils tous, coupant le sifflet au jazz-band.

Et dans un silence de cathédrale, réverbérée de verrière en verrière comme une imprécation divine, la voix répéta :

« Des rafraîchissements... ments... ents... vous sont offerts... ferts... erts... dans le hall d'arrivée... vée... ée... à l'extrémité... té... é... du quai... quai... ai... »

Ce fut la ruée. Sourds aux appels au calme de la speakerine, abandonnant leurs bagages tels quels sur le quai, hurlant, vociférant, s'insultant, jouant des coudes, des poings et des dents, se bousculant, marchant les uns sur les autres, les plus forts piétinant les plus faibles, les forcenés déferlèrent sur le hall avec la violence d'une avalanche renversant tout sur son passage.

Resté à l'arrière, Jonathan entendit les portes vitrées exploser sous la formidable poussée, tandis que sur le quai, les victimes de la débandade, leur souffle à peine retrouvé, couraient en clopinant se jeter dans la mêlée.

Et cinq minutes de perdues, cinq ! se dit-il en enjambant les débris.

Transsibérien – Troisième jour

— Qu'est-ce que ça doit être en seconde classe ! ironisa Nadège, tandis que deux *fuwuren* au visage fermé distribuaient sans aménité des packs de bière Tsingtao en guise d'apéritif.

— Elles ont des progrès à faire, convint Bob qui regrettait déjà les accortes hôtesses des Wagons-Lits, leur sourire de commande, leurs chariots d'eaux-de-vie et leurs plateaux gastronomiques.

— *Change ? Very dirty !* tenta Nadège en désignant à la serveuse la nappe maculée de reliefs des agapes précédentes. *No ?*

La jeune Chinoise posa sur elle un regard plein de bonne volonté impuissante. Manifestement, le règlement des Chemins de fer chinois, qui exploitaient la liaison Moscou-Pékin, ne prévoyait pas de renouveler après chaque service le linge de table de la voiture-restaurant de première classe, ni même, à en juger par l'état de celui-ci, après chaque voyage. Nadège renonça.

— Consolez-vous en songeant que la vaisselle dans laquelle nous dînons a peut-être servi à Lénine en personne ! plaisanta Bob.

— Et cette nappe à Ivan le Terrible ! répliqua Nadège, qui pour une fois semblait consentir à faire contre mauvaise fortune bon cœur. Quoi qu'il en soit, mon cher, ne cherchez plus : vous tenez la solution de votre problème...

Un ange passa. Nadège venait d'exprimer leur sentiment à tous. Depuis Moscou, leurs conditions de voyage s'étaient nettement dégradées. Aux débordements de luxe qui avaient tant intrigué Bob avait succédé une frugalité des plus spartiates. Tous avaient alors conçu le même soupçon : peut-être avaient-ils mangé leur pain blanc ? Peut-être la brochure ne tiendrait-elle pas ses mirobolantes promesses ? Peut-être la suite leur réservait-elle de cruelles déconvenues ?

Pourtant, c'est sans regret qu'ils avaient abandonné le TGV encore souillé des débordements de la nuit. Et dans le car qui les avait transférés de la Bielorusskaya à la gare Yaroslav, terminus occidental du transsibérien, c'est avec un enthousiasme d'écoliers en excursion qu'ils avaient évoqué les heures glorieuses de ce train mythique – avec ses voitures au luxe et au confort incomparables, son impeccable service à l'ancienne, sa majestueuse procession à travers des terres chargées d'histoire – dont plus d'un avouait avoir rêvé dans sa jeunesse. Ils confondent avec l'Orient Express, s'était moqué Jonathan en se gardant bien d'intervenir. Le train qui les attendait n'avait rien à voir avec celui immortalisé par Agatha Christie : non pas un train d'altesses, d'excellences et de dandys oisifs sillonnant l'Europe centrale au gré des mariages princiers et des congrès diplomatiques, mais un train de misère, train de déportés, de fugitifs et de parias, relégués toujours plus à l'est par la vindicte de leurs tsars ou celle de leur temps. Mais à quoi bon les dégriser ? La réalité s'en chargerait bien assez tôt.

En arrivant à Komsomolskaïa, il les avait lâchés quelque temps pour se rendre au quartier chinois proche de la gare. L'épisode de la nuit avait toutes les chances de se répéter et il ne voulait plus être pris au dépourvu. Son crédit était en jeu. Pourtant, il existait un remède simple, que tous les apothicaires chinois de la planète connaissaient.

Il ne dit qu'un mot. Sans même regarder, l'homme de l'art plongea sa main dans un tiroir et l'instant d'après plaqua sur le comptoir une sorte de jeton de métal rouge, guère plus gros qu'un pion de dame.

— Véritable baume du tigre chinois. Rien à voir avec la camelote indonésienne. Regarde, dit-il en ouvrant la boîte minuscule. Pâte très blanche, très pure. Garantie naturelle. Pas de chimie. Sens.

Jonathan s'exécuta, et les larmes aussitôt lui vinrent aux yeux.

— Camphrier sauvage du Sichuan, expliqua le potard. Très bon pour le rhume !

— Combien ? demanda Jonathan.

— Combien en veux-tu ?

— Quatre cents.

— Prends-en mille et je te fais un bon prix.

— Quatre cents. Et si tu ne me fais pas un bon prix je vais voir en face.

— Tu payes comment ?

— Dollars.

— Alors ce sera deux cents dollars.

Le train partait dans vingt minutes. Il n'avait pas le temps de marchander.

— En voilà cinquante, jappa-t-il de ce ton sans réplique dont Xuan usait avec ses compatriotes. Et il me faut quelqu'un pour les porter.

— Pas de problème, *laoben*, fit l'apothicaire ravi, tandis que son commis préparait fébrilement le colis. Dis-moi, laoben, que vas-tu faire de toutes ces boîtes ?

— Soigner mon rhume, répondit Jonathan en riant.

Apparemment, l'homme de l'art ignorait que, dans le monde entier, les légistes recouraient à sa pommade pour le rhume avant d'autopsier un client particulièrement avarié. Tant mieux, se dit-il. Il en aurait exigé davantage.

Comme il l'avait prévu, la capiteuse pâte du Sichuan n'allait pas tarder à faire la preuve de son efficacité. À peine en effet avaient-ils quitté Moscou, que des relents fétides avaient à nouveau saturé l'air. Chacun s'était précipité sur sa petite boîte ronde et cette fois c'est en toute immunité qu'ils avaient doublé le convoi fauteur de miasmes.

— Pourquoi diable ne les transporte-t-on pas sur pied ? s'était insurgée Nadège.

— Pour les retrouver dans nos assiettes ? objecta Bob. Le but est de soutenir les cours, pas de créer de la concurrence !

— Directement du producteur à l'équarrisseur ! ironisa Nadège.

De fait, dans ces wagons bâchés de vert, des troupeaux entiers de vaches, moutons et porcs européens – la moitié de la production des élevages de l'Union – préalablement abattus et rendus impropres à la consommation, entreprenaient leur ultime transhumance vers les usines d'équarrissage de Global Waste.

— Certains éleveurs ne font plus que ça ! s'indigna encore Nadège.

— Conséquence logique de décennies de politique agricole absurde, expliqua Bob.

Incapables de résister aux puissants – et souvent violents – lobbies paysans, les dirigeants de l'Union avaient mis en place cette aberrante méthode de soutien au revenu des éleveurs, consistant à racheter au prix fort leurs excédents. Ce qui devait arriver arriva : au lieu de produire de la viande pour l'alimentation, les fermes de l'Union s'étaient avec un touchant ensemble mises à produire des surplus pour les subventions.

— Ils touchent leurs primes d'abattage et en échange foutent la paix aux politiques, résuma Bob. Tout le monde est content... sauf la Fondation Brigitte Bardot !

— On ferait mieux de leur verser directement un salaire, sans contrepartie.

— Vous n'y songez pas, ma chère ! Ces messieurs ont leur fierté. Ils demandent à vivre de leur métier, pas de la charité publique. Et leur métier, c'est de faire du steak, dussions-nous tous en crever.

Sacrifiées sur l'autel de la paix civile et de la dignité paysanne, deux cent cinquante millions de têtes de bétail, élevées à cette seule fin, terminaient ainsi chaque année leur triste carrière, non dans les assiettes des consommateurs, mais dans les fours à ciment et les centrales électriques du Kazakhstan, de Sibérie ou de Mongolie, selon Bob la plus coûteuse filière de production d'énergie renouvelable jamais imaginée, de mémoire d'écologiste. Les campagnes européennes étaient hantées de hardes de bêtes à demi folles, décharnées, verminées et faméliques, exposées aux intempéries, été comme hiver, dans leurs enclos boueux. Quand elles atteignaient l'âge réglementaire ouvrant droit à la prime, l'éleveur les fusillait sur place, les passait au bleu de méthylène, après quoi, en échange d'un reçu, une verte benne Global Waste les enlevait. Muni du précieux papier, le bourreau prenait le chemin du Trésor public, et ses victimes enfin délivrées celui de l'équarrisseur.

Afin d'écouler ce peu ragoûtant trafic, l'ancienne ligne de chemin de fer Moscou-Vladivostok avait été doublée. Sur ses deux voies descendantes, les convois putrides s'entrelaçaient en norias incessantes à ceux charriant les ordures ménagères de l'Union vers les décharges à ciel ouvert d'Oust-Kamenogorsk, ses résidus chimiques et pétroliers vers les champs d'épandage de Semipalatinsk, ses carcasses de voitures vers les fonderies d'Omsk et Tcheliabinsk, ses rebuts informatiques et électroniques vers les usines de récupération de métaux lourds de Harbin, ses déchets radioactifs vers les puits d'enfouissement profond de Lob Nor et Sakhalinsk. La légendaire transsibérienne jadis chantée par Cendrars n'était plus qu'un infect boyau par lequel l'Europe excrétait à flux tendu les sous-produits de son monstrueux métabolisme.

La fuwuren posa un caquelon gras sur la table et tourna précipitamment les talons, comme pour échapper à une suite qu'elle prévoyait désastreuse. Ils examinèrent l'objet d'un air suspicieux. Enfin, avec des précautions de démineur, Nadège se décida à soulever le couvercle.

— Peut-être ferions-nous bien de recourir au baume miracle du docteur Bronstein ? s'esclaffa Bob en découvrant son contenu.

Jonathan sourit. Depuis le départ, ses petites boîtes rouges faisaient l'objet de toutes les conversations. Grâce à elles, existait désormais entre lui et chacun des quatre cents passagers un lien personnel indestructible. Beau résultat, pour cinquante dollars, songea-t-il.

À mesure qu'ils progressaient vers l'Est leur vie se désorganisa. Chacun eut bientôt son propre rythme, selon qu'il cédait aux injonctions de son horloge biologique ou s'efforçait tant bien que mal de suivre celles du soleil. Les uns se levaient au beau milieu de l'après-midi, d'autres déjeunaient à la nuit tombée, d'autres encore réclamaient dès l'aube leur dîner.

Ils se voyaient de moins en moins. Terrassés par le décalage horaire et plus encore par l'accablante monotonie des impénétrables murailles de feuillage qui depuis Omsk leur tenaient lieu de paysage, ils demeuraient reclus dans leurs compartiments, n'en émergeant que pour de rares incursions à la voiture-restaurant. Certains même ne sortaient plus du tout, se contentant du thé et des biscuits que leur portaient, moyennant quelques cents, les fuwuren.

Pour les moins léthargiques, le restaurant restait le seul point de ralliement, le seul lieu où subsistait encore un semblant de vie sociale. Pour tous les autres, Jonathan demeurait le dernier lien avec le monde extérieur en général et leurs semblables en particulier.

Après dîner, avec une régularité de mandarin effectuant la visite quotidienne de son service, il parcourait la rame de bout en bout, colportant les rares nouvelles, s'enquerrant du moral des uns, du bien-être des autres, prodiguant à tous bons mots et conseils, mesurant au passage l'étendue de sa popularité. Ah, leur attitude pleine de déférence, leurs regards éperdus de reconnaissance ! Adolescent, c'était ainsi qu'il s'était figuré son futur métier : entouré de la vénération de ses malades, dans quelque dispensaire du bout du monde, façon docteur Schweitzer, ou dans quelque sanatorium perdu au fond de quelque inaccessible vallée, style *Montagne magique*, où il se serait consumé sans compter au service des plus pauvres et où, à son tour terrassé par le mal qu'il aurait sans relâche combattu, il serait mort à la manière d'un saint. Mais lorsque, à la fin de son internat, on lui avait offert de passer l'été avec Médecins sans frontières au Rwanda, plutôt qu'à Hongkong auprès de Xuan, il n'avait pas hésité. À son ami qui ironisait sur cette trahison manifeste des idéaux de son enfance, il avait expliqué que s'il n'était pas taillé pour faire un saint – métier au long cours s'il en était, requérant application et persévérance – en revanche il ne renonçait pas à devenir un héros, si la chance s'en présentait. Car s'il faut une vie pour faire un saint, il suffit d'un instant pour faire un héros. Depuis, le Ciel lui avait obstinément refusé cette grâce, mais il gardait secrètement l'espoir qu'un jour il changerait d'avis. Et s'il était bien vrai que le total d'un homme n'était que le total de ses actes, à lui seul ce jour-là suffirait à racheter ses fautes, ses lâchetés et ses trahisons et à rendre créditeur le solde de sa vie.

Comme toujours, Jonathan conclut sa tournée vespérale par le compartiment où Bob, Benoît et Xiao Rong avaient établi leur « nid d'espions ».

— Le dernier salon où l'on cause, s'exclama-t-il en ouvrant la porte.

À sa vue, le visage soucieux de Benoît s'éclaira fugitivement.

— Jonathan ! Comment sont tes patients, ce soir ?

— Comateux.

— Hibernation, comme dans les voyages intergalactiques ! Avec encore cinq mille bornes à tirer, c'est ce qui pouvait leur arriver de mieux, non ?

— À condition qu'ils se réveillent avant le terminus !

Ils rirent, mais à l'évidence le cœur n'y était pas.

— Il se passe quelque chose que je ne sais pas ? s'enquit Jonathan.

— Dites-nous ce que vous pensez de ça, docteur, répondit Bob en désignant l'écran de l'ordinateur. Montrez-lui, Benoît.

L'ingénieur se poussa pour lui faire une place.

— Tu connais déjà ce tableau, commença-t-il.

— Je vois qu'on a fait des progrès, dit Jonathan après l'avoir sommairement examiné.

Jadis rouges de confusion, les chiffres s'y affichaient à présent dans le noir des certitudes bien établies.

— En effet, la connaissance des prix n'est plus un problème. Des serviettes de table aux frigos en passant par les autoclaves de la salle d'opération et les tapis antidérapants de la piscine, nous savons au yuan près ce que coûte aux Concessionnaires le respect scrupuleux des prescriptions du cahier des charges.

— Vous voilà donc en mesure de dire si le capital prévu par l'Union pour financer ces dépenses est suffisant..., conclut Jonathan. Et ça donne... ?

Pour toute réponse, Benoît désigna la dernière ligne du tableau. Tous comptes faits, elle laissait apparaître un solde légèrement positif.

— Alors, Bob, triompha Jonathan en se tournant vers lui, la retraite des vieux, c'est un bon plan oui ou non ?

— Eh bien... non, justement.

— Comment ça, « non » ? N'affichez-vous pas un bénéfice d'exploitation ?

— Fort maigre, convenez-en. De surcroît, la moindre variation suffirait à le compromettre.

— Ne venez-vous pas de me dire être sûrs de vos prix ? rétorqua Jonathan.

— Disons que ce ne sont pas les prix qui nous posent problème, mais leur évolution dans le temps. Poursuivez, Benoît.

— J'ai réalisé cette petite simulation, expliqua l'informaticien en pianotant sur son clavier.

Un nouveau diagramme s'afficha.

— Cette ligne verte figure l'évolution du résultat d'exploitation de Clifford Estates au cours des vingt prochaines années. L'axe horizontal représente l'équilibre parfait des dépenses et des recettes. Tant que la ligne verte se trouve au-dessus, Clifford fait des bénéfices. En dessous, des pertes. Comme tu vois, pour l'instant, la ligne verte se balade juste au-dessus.

— Alors, où est le problème ? s'impatienta Jonathan.

— Regarde, dit Benoît en manipulant sa souris.

En haut à droite de l'écran figurait une sorte d'égaliseur comme on en trouvait sur les amplificateurs et les tables de mixage, avec quatre curseurs. À l'aide de la souris, Benoît mania le premier d'entre eux. Aussitôt, la ligne verte s'infléchit légèrement. Benoît monta encore un peu le curseur et soudain la ligne plongea sous l'axe horizontal.

— Essaye si tu veux, dit-il en tendant la souris à Jonathan.

Pendant quelques minutes, il s'amusa à manipuler les curseurs, et à observer les conséquences de ses actions sur la courbe verte.

— Tu vois ? Chaque fois que tu montes un de ces trois curseurs, ou que tu abaisses celui-ci, la courbe des résultats descend sous le niveau d'équilibre.

— Mais je peux enrayer sa chute en jouant en sens opposé avec les autres curseurs, objecta Jonathan. Qu'est-ce que ça signifie ?

— Chaque curseur, reprit Bob, permet de faire varier un des quatre paramètres importants pour la rentabilité de Clifford : le premier représente le taux d'intérêt directeur de la Banque centrale européenne, qui a un impact direct sur les revenus du capital versé par l'Union, le second fait varier le taux de change euro/yuan, qui détermine le pouvoir d'achat en Chine de ces revenus en euros, le troisième permet de modifier le taux d'inflation chinois, qui conditionne les dépenses. Quant au dernier, il représente la durée moyenne de séjour des résidants à Clifford, dont il est facile de comprendre que plus elle s'allonge, plus elle obère le résultat. Bien sûr, de nombreux autres facteurs interviennent, mais ces quatre-là sont de loin les plus critiques.

— Comme tu l'as constaté, poursuivit Benoît, ces paramètres sont corrélés. Quand un ou plusieurs d'entre eux varient, il faut, pour maintenir l'équilibre de l'ensemble, qu'un ou plusieurs autres varient en sens inverse.

— Le problème, ajouta Bob, c'est que dans la réalité, contrairement à ce que nous venons de faire dans cette simulation, nous n'avons aucun moyen d'en fixer volontairement le niveau. Nous ne pouvons que les subir.

— Si je vous comprends bien, la viabilité économique de Clifford Estates dépend de facteurs variables dont l'évolution est indépendante de notre volonté ?

— Exactement. À long terme, nul ne peut dire comment évolueront le loyer de l'argent ou l'inflation.

— En résumé, vous me dites que Clifford est un business risqué. Mais le risque n'est-il pas précisément la caractéristique de toute entreprise, la contrepartie obligatoire des profits de l'entrepreneur ?

— À condition que les profits potentiels restent à la hauteur du risque encouru, corrigea Bob. Mais, nous l'avons vu, le bénéfice dégagé par Clifford est ridiculement faible. À ce niveau, les Concessionnaires feraient bien mieux de placer leur argent en bons du Trésor ou... à la Caisse d'épargne !

— Peut-être parient-ils sur une évolution de ces paramètres dans un sens favorable ? Regardez, dit Jonathan en s'emparant de la souris, il suffit que j'abaisse légèrement le taux d'inflation, et aussitôt l'affaire devient infiniment plus rentable...

— La différence, Jonathan, c'est que dans la réalité il n'y a pas de curseur pour agir sur l'économie...

Cette fois, Jonathan resta sans voix. Ces résultats étaient embarrassants, explosifs même, propres à coup sûr à semer la panique parmi les passagers. Car ce qu'ils signifiaient en clair, c'était que les Concessionnaires n'avaient pas matériellement les moyens de remplir durablement leurs obligations à leur égard. À plus ou moins long terme, selon l'évolution des fameux paramètres, la banqueroute les guettait. Et dans ce cas, qu'adviendrait-il d'eux – et au-delà, des cent millions de retraités pour lesquels ce dispositif d'urgence instauré par la Loi de délocalisation du troisième âge représentait le dernier espoir d'une fin de vie décente ?

— N'existe-t-il *vraiment* aucun moyen de se prémunir contre la catastrophe ? insista-t-il sans trop y croire.

— Il y en aurait bien un, reconnut Bob à son grand étonnement. En principe, pour vous couvrir contre un risque, il suffit de trouver une contrepartie qui n'y croit pas. Si vous craignez que votre voiture brûle, il suffit de trouver un assureur, c'est-à-dire quelqu'un qui parie qu'elle ne le fera pas et s'engage, moyennant une prime, à vous rembourser si d'aventure cela se produisait. De même, si vous êtes transporteur et que vous souhaitez vous assurer contre une hausse du prix du fuel, il vous suffit de trouver quelqu'un qui spécule au contraire sur une baisse : il s'engagera à vous vendre les quantités dont vous avez besoin, à une certaine échéance et à un certain prix. Le moment venu, le spéculateur achète sur le marché le carburant qu'il vous a promis et vous le livre au prix convenu. Si le prix du marché à cet instant est inférieur au prix fixé, il encaisse la différence. S'il est plus élevé, il en est de sa poche. Mais dans tous les cas, vous ne payez que la somme que vous aviez prévu de débourser. Vous avez donc transféré à d'autres le risque de variation de prix. Mais...

— Vous pourriez donc de la même manière vous garantir contre une évolution défavorable des taux de change, d'inflation ou d'intérêts...

— Bien sûr, mais...

— Donc, à supposer que les Concessionnaires aient pris de telles précautions – et je me refuse à croire que ces pros de la finance et de l'assurance aient négligé de le faire – on peut légitimement considérer que ces facteurs soi-disant variables sont en réalité constants.

— C'est juste, mais...

— Dans ce cas, Bob, où est le problème ? éclata Jonathan, au comble de l'exaspération.

— Le problème, c'est que l'un des quatre risques identifiés est celui lié à l'augmentation de la durée moyenne de séjour à Clifford. Et ce risque-là, vous ne trouverez personne pour accepter de l'endosser.

— Mais pourquoi les autres et pas celui-là ?

— Parce que la durée de séjour à Clifford dépend de la longévité de ses résidants, et que l'augmentation de cette longévité n'est pas un risque mais une *certitude*. Vous trouverez toujours quelqu'un pour vous assurer contre la foudre ou la grêle, mais jamais contre – mettons – le lever du soleil. Aucun assureur n'est assez fou pour vous garantir contre l'inéluctable.

— Selon vous, donc, Clifford est condamné à la faillite ?

— Aussi sûrement que le soleil à se lever tout à l'heure.

— La fine fleur de la finance internationale aurait souscrit à une débâcle annoncée ?

— C'est bien ce qui me trouble. Il y a dans ce montage une astuce qui m'échappe.

De retour dans son compartiment, Jonathan se savonna les mains plusieurs fois, en prenant bien soin de brosser longuement sous les ongles. Le changement de train à Moscou n'avait pas eu que des inconvénients. Certes, la cuisine des fuwuren laissait quelque peu à désirer, mais cette cabine individuelle, avec son lit véritable, son fauteuil club et son cabinet de toilette particulier, complet avec douche et WC, compensait largement à ses yeux les plateaux gastronomiques de la Compagnie des Wagons-Lits. D'autant que Nadège, qui à Moscou avait présidé à leur emménagement, lui avait d'autorité octroyé la cabine attenante. « Ainsi, avait-elle décrété, le docteur pourra donner ses consultations en toute discrétion. » S'il s'était trouvé quelqu'un pour désapprouver, il ne s'était pas fait connaître.

Les idées se bousculaient dans sa tête et il avait besoin de retrouver son flegme. Il se prépara une tisane. Trois fois par jour, au petit déjeuner, au thé et au coucher, les fuwuren déposaient de grandes Thermos d'eau chaude à la porte des cabines de première. L'eau était gratis mais les sachets d'infusion étaient en sus, ce qui, avec la vente du sucre, du lait et autres denrées de première nécessité, leur permettait d'arrondir leurs fins de mois et à Jonathan et Bob de s'adonner à toute heure du jour et de la nuit à leur « manie de vieux garçons ».

Mais cette fois, les vertus lénifiantes de la verveine tardaient à le relaxer. Ce n'était pas tant l'entêtement stupide de Bob et Benoît à poursuivre leur pernicieuse théorie qui l'inquiétait – même s'il déplorait l'impact qu'elle ne manquerait pas d'avoir sur le moral de leurs compagnons de voyage –, c'était Xiao Rong. Butée dans un silence hostile, la belle Chinoise n'avait pas desserré les dents de la soirée. Renfrognée, dans l'angle opposé au sien, elle s'était appliquée à éviter son regard, affectant de prêter grand intérêt aux rares étoiles qui perçaient les brumes sibériennes. Était-elle seulement consciente de ce que son corps exprimait ou bien, vaincue par les fatigues du voyage, lui avait-elle sans le vouloir lâché la bride, le laissant à son insu manifester des sentiments qu'en temps normal elle serait parvenue à contenir ? Car s'il fallait accorder quelque importance au langage du corps, sa posture ne pouvait signifier qu'une chose : elle le haïssait.

Il se repassait au ralenti le film de leurs rares échanges, tentant d'y découvrir à quel moment il s'était trahi, quand la réponse lui apparut dans toute sa simplicité. Xuan ! Bien sûr, c'était Xuan le problème ! Du diable s'il savait comment, mais elle avait dû faire le rapprochement. Pourtant, en racontant son aventure chinoise, pas une fois il n'avait prononcé son nom, ni *a fortiori* fait la moindre allusion à son rôle dans la création de la clinique de Canton. Mais leur association

– comment cette évidence lui avait-elle échappé ? – sautait aux yeux de n'importe quel Chinois : rien de lucratif ne se faisant au sud du Yangtse sans la participation plus ou moins occulte de Monsieur Ho, Xiao Rong en avait déduit sans peine un lien quelconque – de subordination, de complicité ou d'allégeance – entre son dirigeant et le redoutable parrain... Par le biais de la clinique, Jonathan avait à son corps défendant hérité de la haine que tout Chinois – et plus encore tout Chinois exilé – vouait à l'une des figures les plus abhorrées du pays.

Il bâilla. La verveine se décidait enfin à agir.

Il ne devrait pas y avoir de Chinois dans ces trains, songea-t-il, les paupières closes.

Puis : Thermos... coutume utile...

Et déjà les premières images, les terribles images, la porte, le carrelage blanc, et les ongles, les ongles...

Pas cette fois, mon Dieu ! Pas cette fois...

Mais à nouveau sous lui le sol carrelé de blanc se dérobe, et aux murs de carrelage blanc en un ultime réflexe il s'agrippe, et sur les joints du carrelage blanc ses ongles en vain un à un s'arrachent, et sur la glaçure du carrelage blanc ses doigts ensanglantés sans espoir glissent – et sur le carrelage blanc ses ongles sanguinolents...

Ongles rouges sur carrelage blanc... Tout ce qui reste...

Penser à nettoyer...

Et il sombra complètement.

— Vous savez, Nadège, je ne voudrais pas paraître insensible, mais c'est mieux ainsi. De toute façon, Bob n'en avait plus pour très longtemps.

Elle le fixa d'un air égaré.

— Ma pauvre amie, il ne vous avait donc rien dit ? Vous ne vous doutiez de rien ?

Elle fit signe que non, de quoi parlait-il ?

— Il avait consulté avant de partir, lui révéla-t-il. Un mal incurable. Il aurait atrocement souffert. Croyez-moi, c'est mieux ainsi.

C'était un pieux mensonge, mais la malheureuse faisait peine à voir et si ça pouvait la consoler... Jonathan était de ces médecins de la vieille école qui pensaient que leur ministère ne s'arrêtait pas au dernier souffle de leurs patients. « Mon service après-vente », aimait-il à plaisanter...

— Mieux vaudrait ne rien toucher avant l'arrivée des autorités, recommanda-t-il aux curieux qui se bousculaient à la porte du compartiment.

Le corps à peine refroidi de Bob reposait paisiblement sur sa couchette, tel que Nadège l'avait trouvé au réveil. Il lui ferma les paupières et rabattit le drap sur le visage.

— Ça va nous retarder énormément, protesta un grand délicat dans le couloir.

— Rien à craindre, le rassura Jonathan en le foudroyant du regard.

Le toubib de ce bled paumé, que les flics russes ne manqueraient pas de réquisitionner pour le certificat de décès, n'y verrait que du feu. Pour l'immense majorité des médecins de la planète, Bob présentait toutes les caractéristiques d'une mort par embolie cérébrale, parfaitement compatible avec son âge, son tempérament sanguin et son penchant notoire pour la bonne chère, les eaux-de-vie fortes et les cigares de gros calibre. Dans un rayon de mille kilomètres, Jonathan devait être le seul à savoir reconnaître, sous ces symptômes trompeurs, la signature discrète de la toxine qui l'avait tué.

Melia Azadirachta, la Miséricordieuse. En Inde, l'huile extraite de sa noix soulageait crampes et ulcères d'estomac. À faible dose, en décoction, son écorce était souveraine contre les vers. Mais, depuis la plus haute Antiquité, les Chinois usaient de la pulpe de son fruit pour régler en silence leurs différends.

Dans les minutes suivant l'ingestion, les victimes étaient prises de vertiges, demandaient à s'allonger et rapidement s'assoupissaient. La mort intervenait dans la demi-heure, sans souffrance ni angoisse inutiles.

D'où le surnom.

IV

À partir d'Irkoutsk le voyage devint
beaucoup trop lent
Beaucoup trop long...

BLAISE CENDRARS
Prose du Transsibérien

Clifford Estates, 13 h 45

Un seul jour de Gobi aurait suffi, se dit Jonathan en découvrant le tumulte dans le hall de la gare. D'immenses buffets y avaient été dressés, mais la foule formait autour d'eux une muraille si compacte qu'elle rendait toute approche périlleuse. Les premiers arrivés défendaient leur position avec hargne contre les assauts des retardataires. Boire, ils voulaient boire ! N'importe quoi ! Faute d'eau, ils boiraient même du sang !

Il n'y avait là que du champagne. Qu'importe, ils en burent par litres. Les serveurs débordés avaient renoncé à remplir les coupes et distribuaient les bouteilles à la ronde. Les plus impatients vidaient la leur directement au goulot, d'autres s'en aspergeaient mutuellement comme les vainqueurs d'un Grand Prix. Après tout, n'était-ce pas une victoire qu'ils fêtaient, et au terme de quel rallye !

Dans le brouhaha perçaient quelques bribes de conversations.

— Maintenant, je peux te le dire, avouait l'ancien antiquaire, je n'osais plus y croire.

— Moi non plus, répondait sa femme. Pas plus tard que cette nuit, j'ai bien pensé y rester.

— Nous serons bien, ici, tous les deux, n'est-ce pas ma chérie ?

— Merveilleusement bien. Tu as vu comme ces gens sont accueillants ?

— J'ai hâte de voir notre villa.

— Moi, la première chose que je fais en arrivant, c'est de piquer une tête dans la piscine.

Mais, vaincus par la fatigue, la chaleur et l'alcool, la plupart n'étaient déjà plus en état d'articuler des propos cohérents.

Ils ne tiendront bientôt plus sur leurs jambes, se dit Jonathan, en adressant un regard inquiet à celui des serveurs qui semblait être le chef.

Transsibérien – Septième jour

Nadège refusant obstinément que son époux reposât loin d'elle en terre étrangère, il avait fallu palabrer âprement avec les potentats locaux pour obtenir le privilège de conserver sa dépouille jusqu'au terminus. Le naturel autoritaire de la veuve n'arrangeait rien à l'affaire, qui se compliquait encore du fait des fuwuren, que la perspective de voyager en compagnie d'un macchabée révulsait. On se lançait à la figure les principes fondamentaux du droit, Nadège invoquant la Déclaration universelle des droits de l'homme, les flics la Constitution russe, et les fuwuren le règlement des Chemins de fer chinois. À bord on s'impatientait : *On ne va pas y passer la journée... Qu'on débarque la veuve et qu'on en finisse !* Complètement débordé, le chef de la petite gare passait son temps à calmer au téléphone les régulateurs de la ligne que la congestion croissante du trafic rendait hystériques, et à négocier avec les mécaniciens qui, pressés de rentrer chez eux, menaçaient de dételer la loco et de planter là les querelleurs et l'objet de leur litige. Finalement Jonathan s'était entremis et le contentieux avait été réglé conformément au droit coutumier local, moyennant une liasse de dollars et quelques bouteilles de vodka.

Une heure plus tard, le cercueil de zinc arraché à prix d'or à l'entrepreneur des pompes funèbres du cru et proprement chargé dans le fourgon de queue, on avait pu repartir.

Pauvre homme !... 72 ans à peine !... En voilà un qui n'aura pas profité bien longtemps de sa retraite.

La mort prématurée de Bob avait eu pour effet d'arracher les voyageurs à leur torpeur. Chacun y allait de son épitaphe. Les plus vindicatifs s'emportaient contre le sort qui l'avait spolié des treize années de vieillesse paisible que lui promettaient encore les statistiques, comme si le Ciel avait unilatéralement rompu le contrat garantissant quatre-vingt-cinq années de séjour terrestre à ses clients mâles, et huit de mieux à leurs femelles. *Mourir si jeune quand il y a tant de centenaires !* s'indignaient-ils en prenant à témoin Jonathan qui, en ces circonstances plus que jamais, apparaissait comme le seul recours, la seule référence, la seule autorité. Il se garda bien de leur signaler, au bas du céleste contrat, la clause en petits caractères stipulant que, ces durées de vie n'étant que des moyennes, pour que certains pussent atteindre les cent ans, il fallait que d'autres en quantités équivalentes eussent disparu avant terme. Après tout, il n'était pas payé pour leur enseigner les subtilités de la courbe de Gauss.

Ils n'étaient pas censés constituer un problème, se dit Jonathan en les écoutant. À l'époque où il avait commencé à s'intéresser aux opportunités offertes par le vieillissement de ses contemporains, les projections démographiques leur faisaient miroiter un tout autre avenir. À l'âge de prendre leur retraite, prédisaient-elles, ils représenteraient la tranche la plus opulente de la population, supposée assurer non seulement son propre bien-être, mais aussi, par le niveau élevé de son épargne et de sa consommation, celui des deux suivantes. Les sociologues, économistes et hommes politiques brossaient d'idylliques tableaux, où l'on voyait des cohortes de septuagénaires liftés, liposucés et peelés sillonner la planète en d'insouciantes croisières et claquer généreusement leurs coquettes économies dans les restaurants diététiques, boutiques de sportswear, établissements de thalassothérapie et practices de golf, sans oublier, entre deux escales, d'aider leurs enfants à investir et leurs petits-enfants à poursuivre de brillantes études. Aucun de ces scénarios ne prévoyait le Mardi Noir, qui en un jour muerait cette clientèle recherchée en parasites et ces soutiens de famille respectés en fardeaux.

Aucun scénario n'avait prévu ce train.

Seul Xuan avait vu clair. Le sujet avait alimenté une nuit entière de controverse au Propaganda. Alors que Jonathan s'enthousiasmait des progrès que faisait entrevoir l'Eternity Rush, Xuan tenait qu'ils constituaient une menace grave. Comme l'énergie nucléaire avait produit des déchets dont la durée de vie compromettait sa rentabilité, la médecine high-tech, affirmait-il, produirait des individus dont la longévité exagérée annulerait les bénéfices que le plus grand nombre pouvait espérer en tirer.

— L'erreur, avait-il diagnostiqué, a été de vous lâcher la bride, à toi et aux humanistes de ton espèce. Avec votre serment d'Hippocrate, votre obsession du soulagement indiscriminé de toute souffrance, votre tendance à vous prendre pour Dieu, vous créez des conditions de souffrances bien plus graves dans le futur.

Emporté par son élan, il s'en était pris à l'impéritie des hommes d'État qui, « par pure démagogie », avaient sans cesse accru les moyens de lutte contre ce qu'il appelait les « Grandes Élagueuses » – cancers, maladies cardio-vasculaires – et contre leurs causes – alcool, tabac –, se privant ainsi de précieux instruments naturels de régulation de la frange improductive et onéreuse de la population. Il incriminait pêle-mêle les greffes, les prothèses, les thérapies géniques, les nanothérapies, et autres traitements dévoreurs de budgets de Sécurité sociale.

— Les seuls soins qu'il convient de rembourser après 65 ans sont les soins palliatifs.

Horrifié, Jonathan avait bien tenté de protester, mais s'était fait sèchement rembarrer :

— À cause de ce sentimentalisme imbécile, nous nous trouvons dans la situation d'une espèce sans prédateurs – de chiens de prairie sans faucons, de lapins de garenne sans renards : ses effectifs croissent bien au-delà de ce que son environnement est en mesure de supporter, et bientôt tout le monde, jeunes et vieux, boiteux et bien-portants, crèvera de faim et de maladie.

Et quand Jonathan lui avait fait remarquer que c'était précisément en vue de contenir l'explosion démographique que les pays civilisés avaient promu le planning familial, il l'avait coupé d'une sentence définitive :

— Nous avons limité les naissances et accru la durée de la vie : l'exact inverse de ce qu'il fallait faire.

Cette nuit-là, Xuan était méconnaissable. Une telle agressivité ne lui ressemblait guère. Certes, comme nombre de ses anciens condisciples à l'ENA, il prisait les idées fortes et les opinions paradoxales. Mais il les défendait toujours avec une distance, une ironie qui pouvaient faire douter de sa conviction. Or cette fois, ses éclats de voix, le rouge qui lui montait au visage, le feu de son regard ne prêtaient à aucune confusion : c'étaient bien les symptômes d'un homme totalement possédé par ses mots. Au point que Jonathan en était venu à se demander si cette violence inhabituelle ne trahissait pas quelque frustration secrète – née, peut-être, d'avoir trop longtemps rongé son frein sous un père aussi despotique qu'indétrônable.

— Je n'en reviens pas d'entendre un Chinois proférer de telles insanités, avait-il néanmoins insisté, désireux de pousser son ami dans ses retranchements.

— Ce n'est peut-être pas un hasard : à cause de notre aberrante politique de l'enfant unique, il y aura bientôt chez nous davantage de personnes âgées de plus de 60 ans que d'enfants de moins de quinze, et d'ici quelques années nous serons affligés de plus de cent millions d'octogénaires !

— Mais le respect des parents n'est-il pas pour vous le premier des devoirs ?

— Confucius, à présent ! railla Xuan, sarcastique.

— Précisément !

— Grossier contresens ! Si Confucius sacralisait les vieillards, ce n'était pas en vertu de je ne sais quel principe transcendant, mais en raison de la fonction vitale qu'ils exerçaient à son époque, en tant que détenteurs de savoirs précieux – la connaissance des événements anciens, des processus lents, des cycles longs et des occurrences rares –, dont dépendait la survie même du groupe. C'est pour cela, et pour cela seulement, que la société confucéenne acceptait d'en supporter la charge. Aujourd'hui, d'autres médias – livres, codes juridiques, manuels scientifiques, mémoires électroniques – assurent bien mieux cette fonction, et des vieillards il ne reste plus que le poids.

— Mais... La compassion ? L'amour du prochain ?

— Tu mélanges tout ! Ce qui compte, ce n'est pas la personne, mais le groupe. Seul le groupe dure. Ses membres ne sont que les fugaces instruments de sa permanence. Notre amour, notre compassion doivent aller d'abord à la collectivité, et en second lieu seulement, s'il nous en reste, aux individualités qui la composent. L'amour du prochain est un luxe de communauté riche et peu nombreuse. Quant à nous, nous ne pouvons nous payer que l'amour du lointain. Crois-moi, les joliesses du confucianisme et du bouddhisme ne survivront pas au milliard de vieillards qui encombreront l'Asie en 2050, pas plus d'ailleurs que la charité chrétienne ne survivra au milliard de plus qui hanteront alors l'Occident.

— Eh bien, vois-tu, pour nous autres disciples d'Hippocrate, toutes les souffrances se valent, celles des jeunes comme celles des vieux, des proches comme des étrangers.

— Lieu commun aussi erroné que dangereux ! répliqua Xuan, implacable. Toutes les vies sont loin d'être égales, comme pourrait te l'apprendre le plus pouilleux des bergers du Sahel, qui sait bien, lui, quand vient la sécheresse, quelles bêtes préserver et lesquelles sacrifier. La vie d'un étalon vaut plus que celle d'un hongre, celle d'un entrepreneur plus que celle d'un ouvrier, et celle d'un futur producteur davantage que celle d'un retraité. Les seconds ne survivent que grâce à la fécondité, à la créativité et à la productivité des premiers. Cette évidence ne t'échappe que parce que, en ces temps prospères, nous n'avons pas à choisir de manière explicite entre les uns et les autres. C'est ainsi pourtant : *Il faut que certains meurent pour que le plus grand nombre vive.*

C'était la première fois que Xuan énonçait devant lui cet argument qu'il devait ériger en principe politique, et qui un jour servirait à justifier ses plus terribles décisions.

Jonathan était au comble de l'indignation. L'idée de mettre en équation une vie bien réelle et un bénéfice quelconque, immédiat ou différé, contredisait toutes les valeurs reçues de ses parents comme de ses maîtres de la Faculté.

— La vie humaine n'a pas de prix ! Elle ne peut entrer dans aucun calcul.

— Et que fait le chirurgien militaire, quand il sacrifie un blessé parce que, compte tenu du temps et des moyens dont il dispose, il doit choisir entre l'opérer et en sauver un seul, ou le sacrifier pour en sauver plusieurs ?... À ton avis, que fait-il sinon un calcul de vies ?

— Mais il s'agit là de circonstances exceptionnelles, dont tu ne peux en aucun cas tirer une règle générale !

— Alors, dis-moi, selon toi, que fait l'entrepreneur de travaux publics qui, pour remporter un marché, fait l'impasse sur des mesures coûteuses de prévention des accidents du travail ? Et qu'ont fait les gouvernements européens et japonais qui, durant les Trente Glorieuses, ont sciemment laissé filer l'inflation, sinon pratiquer au profit des salariés cette « euthanasie des rentiers » chère à Keynes ? Et les autorités sanitaires qui, en toute connaissance du risque, ont tranquillement écoulé leurs stocks assassins d'amiante, d'hormones de croissance contaminées, de sang vérolé, de farines animales empoisonnées ? Que faisons-nous, quand nous tolérons sans protester les milliers de victimes anonymes de la route, de la pollution, de l'alcool ou du tabac, sacrifiées sur l'autel des industries, ou quand nous détournons pudiquement nos regards des millions d'affamés qui crèvent dans le tiers-monde, rançon inévitable des millions d'emplois dont nous vivons ? Et que signifie à ton avis ce slogan qu'après chaque catastrophe l'on nous serine à longueur de journaux télévisés : « le risque zéro n'existe pas », sinon que supprimer tout risque aurait un coût économique trop élevé, dont il vaut mieux que la collectivité accepte de payer la contrepartie en vies humaines plutôt qu'en espèces sonnantes et trébuchantes ? Tout calcul de coûts, en vérité, est un calcul de vies. Et, crois-moi, jamais la réalité et la nécessité de tels calculs ne t'apparaîtront de manière plus éclatante que le jour où notre génération pléthorique, imprévoyante et prodigue entrera en guerre pour sa survie contre ses propres enfants. Car ce jour-là, pour avoir contrarié, dans votre orgueil insensé, l'œuvre salubre des Grandes Élagueuses, vous autres toubibs en viendrez à devoir vous substituer à elles. Cette médecine high-tech dont tu sembles si fier révélera alors sa véritable fonction – celle d'un instrument sophistiqué d'arbitrage macroéconomique permettant aux banques centrales de jouer sur les taux de natalité et de mortalité comme elles interviennent aujourd'hui sur les taux d'intérêt, pour contenir l'inflation et stimuler la croissance.

Jonathan n'écoutait plus, écrasé. D'où venait à son ami un tel cynisme ? Comment s'était-il forgé une conception aussi dégradante de ses contemporains ? Et où le conduirait-elle ? Pouvait-on seulement vivre, hanté par une telle vision ?

— Mais la conscience ? relança-t-il. Crois-tu donc que nous soyons à ce point dénués de conscience ?

— La conscience ! Mais jamais vous n'aurez à agir contre elle ! Certes, nul ne pourrait vivre avec une conscience inflexible, mais la madrée a justement la complaisance de s'accommoder à chaque instant des circonstances, de façon à ne jamais nous mettre en porte-à-faux avec nous-mêmes. Tu verras : insensiblement, ton système de valeurs se modifiera pour rendre acceptables à tes yeux des pratiques qui aujourd'hui te semblent inadmissibles. Vois comme l'idée de l'euthanasie fait son chemin : réprimée comme un crime voici encore vingt ans, on a commencé à la tolérer pour mettre fin aux souffrances physiques insupportables des malades incurables en stade terminal. Puis, la tolérance est devenue un droit, et l'on s'est mis à jouer sur les mots – qu'est-ce qu'une souffrance insupportable ? Une maladie incurable ? À partir de quand débute le stade terminal ? Et voilà que, subrepticement, on commence à étendre le concept de souffrance physique aux souffrances morales, ce qui dans certains pays permet désormais aux grands déprimés de bénéficier de la miséricorde de la médecine palliative. Et en même temps qu'on élargit le critère de décision, on se met à abaisser le seuil de déclenchement de la procédure : alors qu'au début, il fallait l'accord de plusieurs médecins, dont un psychiatre, statuant sur les demandes réitérées du patient en personne, il suffit aujourd'hui, dans les pays les plus avancés, de la décision d'un seul médecin intervenant à la demande de sa famille. Le droit du malade à demander la mort devient celui de son entourage à la lui donner. On entrevoit déjà la suite de cette dérive qui, à la faveur d'un élargissement progressif de la notion d'entourage, conférera à des instances toujours plus éloignées de l'intéressé le privilège de fixer seules l'heure de sa fin. Notre survie ne dépendra bientôt plus du hasard, de la nature, de notre désir ou de notre volonté, mais du bon plaisir de la société. Juste retour des choses, note bien.

— Que veux-tu dire ?

— Que ce débat sur « le moment où la vie, devenue inhumaine, n'est plus digne d'être vécue », qui ouvre à la société un droit d'euthanasier, est le parfait symétrique de celui qui porta jadis sur « le moment où la vie devient humaine » qui fonda son droit d'avorter. *Patere legem quam ipse tulisti* : la société s'apprête à opposer à ses vieux la loi qu'ils ont eux-mêmes opposée aux êtres encore à naître, à savoir qu'ils n'ont le droit de vivre que s'ils ne gênent pas les vivants. Aux deux extrémités de la vie s'appliquera bientôt le primat de celui qui est là sur celui qui est encore à venir et sur celui qui n'est déjà plus tout à fait là.

— C'est de la confusion, mon pauvre Xuan ! Tu mélanges tout ! s'indigna Jonathan. Ton scénario fou pourrait à la rigueur se concevoir dans une société aveugle ou bâillonnée, une société totalitaire, dépourvue de toute instance de réflexion et de délibération. Mais dans nos démocraties ? Impossible ! Je ne vois pas le Conseil de l'Ordre des médecins ou le Comité national d'éthique – pour ne citer qu'eux – laisser filer de telles dérives.

— Et qu'ont-ils fait pour empêcher celles dont nous parlons ? Rien. Et comment s'en étonner ? Ils sont à la fois juges et parties, gardiens de la vertu et salariés du vice. Le train de vie de ces soi-disant sages dépend des emplois où les nomme l'État, leurs moyens de recherche des juteux contrats que leur octroie l'industrie et des grasses prébendes qu'elle leur alloue – sous forme de postes plus ou moins bidon de conseillers ou directeurs scientifiques –, et l'avancement de leur carrière des pairs dont ils sont censés refréner les appétits. Et tu voudrais qu'ils mordent les mains qui les nourrissent ? En fait, tes comités d'éthique ne sont rien de plus que des assemblées de sophistes, tout juste bonnes à trouver des justifications sophistiquées aux pires projets de leurs commanditaires. À cet égard, la manière dont ils ont donné le feu vert au clonage humain restera comme un monument dans l'histoire de la tartuferie. Ah ! Leur distinction entre clonage thérapeutique et reproductif ! Un chef-d'œuvre de jésuitisme ! On interdit provisoirement le terme le plus inacceptable – le clonage reproductif – tout en laissant se poursuivre sous une appellation bénigne et valorisante – qui s'offusquerait de recherches à visée thérapeutique ? – des travaux dont on sait pertinemment qu'ils conduiront à ce qu'on prétend rejeter. C'est beau comme de l'Adolf Hitler goudronnant, sous couvert de lutte contre le chômage, les autoroutes qui, dix ans plus tard, lui permettront d'envahir l'Europe ! Tu verras, quand tout sera prêt sur le plan technique, ils forgeront une nouvelle dichotomie – cette fois entre clonage reproductif à visée parentale et le même, mais, à visée instrumentale – pour, utilisant ce dernier choix comme repoussoir, autoriser le précédent. C'est la tactique bien connue du « C'est moche, mais ça aurait pu être pire » qui, de « moche » en « moins pire », conduit immanquablement au pire du pire, en l'espèce la fabrication industrielle de sous-hommes en dehors de tout utérus et de tout projet humains.

— Mais... la presse ?

— Totalement inféodée – par le biais de son actionnariat et de la publicité – aux trusts financiers qui ont intérêt à abaisser les barrières éthiques comme jadis les barrières douanières et plus récemment les barrières légales et réglementaires. L'abolition des inhibitions morales n'est que la dernière étape d'un processus historique d'affranchissement de la sphère économique de toute restriction, de toute contrainte susceptibles de limiter son champ d'action, processus dans lequel la presse joue un rôle clé pour conditionner l'opinion.

— Et l'opinion, justement ? Je crois que tu en sous-estimes gravement la capacité de résistance. On ne peut éternellement la mener en bateau. Vient toujours un moment où elle se rebelle.

— Tu as peut-être raison, concéda Xuan pour une fois. L'avenir nous le dira. En attendant, elle avale sans broncher toutes les mouches qu'on lui présente. Vois avec quel appétit elle gobe cette idée aussi risible qu'insane d'Eternity Rush, avec quel enthousiasme elle y engloutit le dernier sou de son bas de laine... Et vois comme on l'a convaincu de confier aux casinos – les fameux fonds de pension – les économies qu'elle destinait à ses vieux jours ! Et pour revenir à notre propos, ne vois-tu pas comme, insidieusement, on nous accoutume déjà à l'idée que, tout compte fait, une mort délibérée serait préférable à une mort naturelle ? Comme, insensiblement, nous sommes passés de la condamnation de la lâcheté de ceux qui, par leur suicide, fuient les difficultés de la vie, à l'exaltation de la dignité de ceux qui choisissent de mettre fin à cette fameuse existence-ne-valant-plus-d'être-vécue ? Déjà, dans la tranche des plus de 60 ans, le taux de suicide a triplé au cours des dix dernières années. Une demande sans cesse grandissante s'y exprime pour une mort propre et sans bavure. Le temps n'est plus loin où la mort ne résultera plus principalement de causes naturelles ou accidentelles, mais de décisions que nous prendrons pour nous-mêmes ou que d'autres prendront pour nous. À cette demande d'interruption volontaire de vieillesse répondra forcément une offre, d'abord marginale et clandestine – comme jadis pour l'avortement – puis, à mesure que la clameur montera, légale et institutionnelle. Et qui, mieux que vous, toubibs, pourra servir ce nouveau marché émergent ? Loin de moi l'idée de te démoraliser, Jonathan, mais ton serment d'Hippocrate, tu le trahiras. Comme tous tes distingués confrères. Vous vous rêvez docteurs en vie éternelle, vous finirez ingénieurs en mort douce.

Deux fois par jour, la même scène se répétait. Pour une raison qui n'appartenait qu'à lui, à l'approche d'une station dont le nom indéchiffrable n'aurait de toute façon rien évoqué pour personne, le train ralentissait.

Encombré de corbeilles, éventaires et cageots débordant de marchandises et victuailles, le quai vous avait un air de marché ouvert, signe indubitable d'arrêt prolongé. Ceux des passagers dont les heures d'ankylose n'avaient pas encore irrémédiablement grippé les jointures se ruaient alors vers les portières, trop heureux de s'ébrouer quelque temps à l'air libre.

Le quai se couvrait de joggeurs, comme les bords de Seine à Paris, les dimanches d'été, avant le Mardi Noir. Était-ce le spectacle de ces vieux adolescents impétueux, le ridicule de leur accoutrement, le comique de leurs gesticulations, ou la perspective de fructueux bénéfices ? Les marchands – Russes, Ukrainiens, Bouriates, Tatars, Toungouses, Yakoutes, qui semblaient n'avoir guère changé depuis que, dix ou douze siècles auparavant, leurs ancêtres avaient établi ce souk sur la piste des caravanes – riaient de bon cœur, les encourageant du geste à prendre leurs aises, les houspillant amicalement si, dans leur élan, ils bousculaient leurs étals.

Lorsque enfin, les articulations dérouillées, chacun avait eu son content de soleil et d'oxygène, venait le temps des emplettes. Dédaignés l'instant d'avant, les stands étaient pris d'assaut et méthodiquement dévalisés. Cigarettes, petits pains, biscuits, chocolat, crèmes glacées, harengs fumés, poulets rôtis, brochettes de mouton, kebabs, blinis, jus de poires, de pommes, fraises, framboises, tomates fraîches, champignons confits, pignons de pin grillés, lait de brebis, fromages de chèvre, yoghourts, *pirojkis, kartofskis, valinskis, pryanikis* et autres spécialités d'appellation exotique et de composition indéterminée..., tout ce qui pouvait tromper l'ennui, dissiper le stress et faire oublier la tambouille des fuwuren trouvait preneur.

Indifférents à la boulimie ambiante, des cheminots réapprovisionnaient les voitures en eau fraîche, tandis que d'autres, armés de longues barres de fer, en sondaient sans conviction les boggies. Puis, la dernière roue du dernier wagon ayant avec brio passé l'examen, un coup de sifflet impérieux sonnait la fin de la récré. Sagement, les collégiens s'alignaient devant leurs marchepieds respectifs, déjà résignés à douze nouvelles heures d'immobilité et de promiscuité forcées.

À chaque nouvel arrêt, parmi les marchands autochtones, la proportion de faciès européens diminuait.

Après Irkoutsk, quand sur les quais l'on ne croisa plus que des peaux cuivrées, des yeux bridés et des pommettes saillantes, l'atmosphère dans le train se fit soudain plus légère. On entrevoyait le bout du voyage. Déjà, sur la droite, étincelaient les neiges éternelles de l'Altaï, ultime obstacle avant la Mongolie. Demain, on s'élancerait à travers les sables du Gobi, et après-demain, on verrait le soleil se lever sur la Muraille de Chine.

En bifurquant plein sud vers Ulan Bator, le train perdit définitivement ses droits au titre prestigieux de transsibérien.

Jonathan goûtait quelques instants de solitude sur sa couchette, quand on frappa à sa porte. C'était Benoît, son ordinateur sous le bras.

— Excuse-moi, dit-il en apercevant ses cheveux ébouriffés. Je repasserai.

— Non, entre, protesta Jonathan. Je ne dormais pas. Et dans une heure, nous serons à la frontière. J'aurais dû me lever de toute façon. Quelque chose ne va pas ?

Benoît fixait l'extrémité de ses baskets comme un gosse attrapé la main dans le sac. Sentant qu'il valait mieux ne rien brusquer, Jonathan prit le parti d'attendre. Avant de relancer ce genre de client, il avait l'habitude de compter en silence jusqu'à trente. Ils craquaient toujours avant. À vingt-neuf, Benoît capitula.

— Franchement, dit-il sans relever le nez, que penses-tu de nous ?

— Vous ? Tu veux dire... Xiao Rong et toi ?

— Non, non ! Nous tous... dans ce train...

— Eh bien... Je vous trouve plutôt... sympathiques.

— Ce n'est pas ça. Je voulais dire : en tant que médecin.

— Pourquoi ? Tu ne te sens pas bien ?

— Non, non, il ne s'agit pas de... Comprends-moi : je ne te demande pas un avis spécifique sur Untel ou Untel, bien entendu... Seulement ton impression d'ensemble. Depuis une semaine que tu nous observes matin et soir, tu as bien dû te faire une idée : tu nous trouves comment ? Plutôt déglingués ou plutôt... normaux ?

— Normaux ? répéta Jonathan qui ne voyait vraiment pas où il voulait en venir.

— Oui, normaux, dans la moyenne, quoi ! Conformes à ce que serait n'importe quel groupe de retraités n'importe où ailleurs...

— Conformes, conformes ! Mais de quel point de vue ? Sous quel rapport ?

— Du point de vue médical, évidemment !

— Tu veux dire, si les passagers de ce train...

— ... te paraissent plus malades, plus infirmes, plus handicapés qu'ils ne devraient l'être eu égard à leur âge, oui.

— Qu'est-ce qui te fait croire une chose pareille ?

— Je ne sais pas. La mort soudaine de Bob. Il avait l'air si fort, si... plein de vitalité. Et tout d'un coup... Je me suis dit... Peut-être que les autres aussi... Ça expliquerait bien des choses.

— Qu'est-ce qui expliquerait quoi, Benoît ? demanda Jonathan un peu plus brutalement qu'il ne l'aurait voulu.

— Le déficit de Clifford. C'est la seule manière de l'éviter. Qu'on soit tous malades.

À présent lancé, Benoît s'expliqua d'une traite. En bon mathématicien, obstiné de surcroît, il avait repris le problème laissé en plan après la mort de Bob. À force de le triturer sous tous les angles, il avait trouvé une solution.

— Tu te souviens qu'on avait établi que la rentabilité de Clifford dépendait de quatre facteurs : les taux d'intérêt, le taux de change euro/yuan, le taux d'inflation chinois et la durée moyenne de séjour des résidents...

— En fait, corrigea Jonathan, de ce dernier seulement. Si mes souvenirs sont exacts, Bob lui-même reconnaissait que les trois premiers risques pouvaient être couverts par une forme ou une autre d'assurance.

— Et nous avions conclu que, la durée de séjour dépendant de la longévité des résidants, elle ne pouvait qu'augmenter avec l'espérance de vie moyenne de la population...

— ... ce qui fatalement condamnait Clifford à un déficit, qui plus est s'aggravant avec le temps.

— Exact. Eh bien, en y repensant, j'ai trouvé une faille dans ce raisonnement.

— Laquelle ?

— Nous avons fait comme si l'espérance de vie...

Benoît hésita un instant.

— ... comme si l'espérance de vie était une donnée intangible... alors que c'est... que ça pourrait être... je veux dire... il n'y a aucune raison pour que ça ne soit pas une variable.

— Sois plus clair, je ne comprends rien à ton charabia.

— Nous avons tenu pour acquis qu'on ne pouvait pas agir sur l'espérance de vie, la modifier.

— Tu veux dire... de façon délibérée ?

— Exactement ! C'est plus clair, comme ça ?

— Oui, mais je ne vois toujours pas...

— C'est pourtant simple : si tu trouves un moyen de plafonner volontairement l'espérance de vie moyenne des résidents, tu élimines le risque de déficit de Clifford.

— Plafonner ? Mais comment ?

— Imagine par exemple qu'on ait sélectionné pour Clifford les plus moribonds, ceux qui avaient le moins de chances de durer...

— D'où ta question de tout à l'heure !

— Précisément.

Ce n'était donc que ça. Jonathan éclata de rire.

— Je te rassure, nos compagnons de voyage ne sont ni plus, ni moins poussifs que les gens de leur âge. Et de toute façon, de par la Loi de délocalisation du troisième âge, tout citoyen de l'Union ayant atteint l'âge requis a droit à une place dans un village de retraite comme Clifford. Il n'y a aucun autre critère de sélection.

Loin de paraître soulagé, Benoît s'assombrit davantage encore.

— C'est bien ce que je craignais. Tu réalises ce que ça veut dire ?

Jonathan le fixa, très inquiet cette fois.

— Ça veut dire, poursuivit Benoît, ça veut dire qu'ils n'ont plus qu'un seul moyen de plafonner l'espérance de vie.

— Quel moyen ?

— Un usage... disons... créatif... de l'euthanasie.

Jonathan blêmit.

— Qu'entends-tu par là ? Précise ta pensée !

Poussé dans ses retranchements, Benoît se lâcha.

— Te souviens-tu du scandale des hôpitaux de long séjour parisiens, au début des années 2000 ?

Jonathan sursauta.

— C'est loin tout ça, dit-il tout en scrutant intensément le visage de Benoît, à la recherche du moindre frémissement de narine, du moindre battement de cils, qui pût le renseigner.

Se pouvait-il qu'il l'eût reconnu ? Jouait-il avec lui comme un chat avec sa proie ? Ou n'était-ce que pure coïncidence ?

L'air buté, Benoît poursuivait.

— Ils exploitaient leurs pensionnaires comme de véritables mines d'honoraires médicaux, en leur infligeant toutes sortes de soins inutiles, facturés comme il se devait à la Sécu. Chaque patient générait ainsi des milliers d'euros de chiffre d'affaires, en imagerie médicale, examens biologiques, chirurgie, rééducation fonctionnelle, etc. On a même trouvé une nonagénaire dont on avait charcuté les yeux trois fois en huit mois, pour trois affections totalement imaginaires. Et une tétraplégique qu'on avait envoyée au podologue dix-neuf fois dans la même année, soigner des cors, callosités et œils-de-perdrix tout aussi fictifs ! Le juge d'instruction a calculé que ces établissements parvenaient ainsi à « traire » trente mille euros par patient rien qu'avec les commissions que leur reversaient les médecins, ce qui doublait presque l'allocation qu'ils percevaient pour leur pension. Tu te souviens ?

— Oui, oui, convint Jonathan. Ça me revient.

— Et te souviens-tu de ce qui arrivait à ces bestiaux quand, traits à fond, ils ne rendaient plus de lait ?

— N... Non, balbutia Jonathan, livide. J'avoue n'avoir pas suivi cette affaire de très près.

— Moi non plus, mais quand même... À l'époque, la révélation avait terrifié l'opinion. Comme par hasard, les malheureux mouraient dans les trois mois.

Négligences, soins inappropriés, interventions tardives en cas de chute, de syncope ou d'embolie, malnutrition, déshydratation, chauffage central en panne l'hiver, climatisation en rideau pendant les canicules. Aucun acte criminel à proprement parler. Juste une série d'innocents petits coups de pouce à la nature. Pour faire place à une nouvelle vache dans l'étable. Et te souviens-tu de l'expression qu'avait employée à ce sujet le Procureur de la République ?...

S'il s'en souvenait ! Il l'entendait encore tonner, son regard vissé dans le sien...

— ... Il avait parlé d'usage créatif de l'euthanasie.

Jonathan essayait de contenir la panique qui montait en lui. Seuls, raisonnait-il, les événements qui nous affectent personnellement impriment sur nous un sceau inaltérable. Or, Benoît n'avait suivi l'affaire que de loin. Sa mémoire était comme une pièce de monnaie usagée. Si les faits avaient laissé sur elle quelque empreinte, le temps en avait certainement érodé les détails. De surcroît, son apparence présente n'avait plus rien de commun avec celle qu'il arborait à l'époque du scandale. Enfin, rien dans la façon dont Benoît évoquait cet épisode ne trahissait une quelconque animosité à son égard. Non, décidément, il ne savait pas à qui il avait affaire.

Benoît marqua une pause, visiblement trop bouleversé pour continuer.

— Un verre de vodka ? lui proposa Jonathan, sans rien laisser paraître de son propre trouble.

— Tu n'aurais rien de moins fort ?

— Je peux te faire une verveine, dit-il en désignant la Thermos.

— Va pour la tisane. Ça me calmera peut-être...

— Attends, je vais chercher ce qu'il faut...

Il se leva, passa dans le compartiment attenant, et l'instant d'après revint avec une tasse propre.

— Mais explique-moi, dit-il en versant l'eau brûlante sur le sachet. Quel rapport y a-t-il entre cette affaire et Clifford Estates ?

— Tu ne piges donc jamais rien à rien ? soupira Benoît, désespéré.

Jonathan n'avait que trop compris. Il se ressaisit néanmoins :

— Tu en as parlé à quelqu'un ?

— Non. Je voulais d'abord être sûr...

— À personne ? Réfléchis, Benoît, c'est important. Personne, vraiment ?

— J'en ai touché deux mots à Xiao Rong.

— Malheureux !

— Pourquoi ?

Il faillit répondre, mais se retint.

— Laisse. Après tout, ce n'est pas si grave.

À quoi bon le tourmenter, à présent qu'il était condamné ?

Vers 20 heures on entra en gare de Naouchki, dernier arrêt avant la Mongolie.

Bagages, vêtements, compartiments – jusqu'aux planchers des couloirs et aux plafonds des toilettes – tout ce qui pouvait servir de cachette fut méticuleusement perquisitionné par des douaniers et gardes frontière russes qui n'auraient pas mis tant de hargne à chercher un secret d'État. À cette occasion, Jonathan découvrit l'existence d'une trappe sous le tapis de son compartiment.

— Contrebandiers, lui dit le douanier, fier de montrer qu'il connaissait toutes les ficelles de son métier.

Et, dans un anglais approximatif, de lui expliquer que ces planques, utilisées par des générations de trafiquants, étaient à présent parfaitement répertoriées par l'administration qu'il avait l'honneur de servir.

À 23 heures 30, le train s'ébranla et l'on crut en avoir fini avec les tracasseries. Mais après quelques kilomètres, il s'immobilisa à nouveau, livré cette fois à des sbires mongols, dont la délicatesse toute gengiskhanesque fit vite regretter l'amabilité de leurs alter ego russes. Eux, au moins, n'avaient pas exigé de contrôler la caisse de zinc où le malheureux Bob tentait de trouver le repos éternel.

Durant les heures qui suivirent, on ne songea qu'à retrouver ses papiers, regrouper ses affaires et refaire ses valises. On se consola en se disant que c'était le dernier contrôle du genre, les formalités d'entrée en Chine devant avoir lieu à Clifford Estates même.

Vers 2 heures 10, enfin, on fut autorisé à repartir.

La nuit passa sans autre incident.

Mais au petit jour, le corridor retentit soudain de glapissements hystériques. Cela venait du nid d'espions. Des portes claquèrent. En entendant les pas précipités se rapprochant de son compartiment, Jonathan comprit qu'une rude journée commençait.

Une fois encore, la Miséricordieuse avait mérité son affectueux sobriquet.

Pas plus que Bob, Benoît n'avait souffert.

Pas plus que Bob, il n'éveillerait les soupçons de l'homme de l'art qui l'examinerait.

Mais ce n'était pas lui le problème. Sans accorder davantage de considération à ce cadavre sans reproche, Jonathan se tourna vers les badauds en pyjamas qui se pressaient dans le couloir.

— Xiao Rong ? demanda-t-il.

— C'est vrai ! dit quelqu'un. Où est-elle, celle-là ?

Son absence faisait tache, en un moment où, sincère ou non, elle était supposée jouer les veuves éplorées. Tout mongols qu'ils étaient, les flics ne manqueraient pas de s'en étonner, d'autant que ses affaires personnelles étaient toujours là.

Pour la troisième fois, on passa le train au peigne fin.

En arrivant à Ulan Bator, il fallut bien se rendre à l'évidence.

La belle Chinoise s'était envolée.

On ne couperait pas à de sérieux ennuis.

V

Tous les boucs émissaires
ont crevé dans ce désert...

BLAISE CENDRARS
Prose du Transsibérien

Clifford Estates, 13 h 50

« Mesdames et Messieurs, nous vous présentons une fois encore nos excuses pour ces mauvaises conditions de voyage indépendantes de notre volonté. »

Cette fois, la voix suave de la speakerine n'eut aucune peine à se faire entendre. Abrutis de champagne, à la limite du coma éthylique, même les plus exaltés avaient fini par se calmer.

« Dans une heure environ, des cars vous conduiront à Clifford Estates, où un banquet de bienvenue vous sera offert. En attendant, si vous souhaitez vous changer ou faire un brin de toilette, adressez-vous à nos hôtesses qui se feront un plaisir de vous remettre le nécessaire et de vous indiquer la marche à suivre. »

Suivies de grooms chargés de paquets, de gracieuses jeunes femmes en kimonos rose et bleu fluo, qu'à leur haute stature Jonathan reconnut pour des Mandchoues, se répandirent parmi eux.

— Hermès, Lanvin, Saint-Laurent ? demanda l'une d'elles au petit antiquaire du Marais, en lui tendant une luxueuse trousse de cuir.

— Pa... pardon ? fit celui-ci, passablement éméché.

— Une préférence, pour votre eau de toilette ?

— Euh... Auriez-vous de la Ro... Roger et Ga... Gallet, cha... charmante créature ?

— Naturellement. Et pour vous changer, poursuivit-elle, survêtement ou peignoir ?

Le vieil homme hésita. Avec leur logo CLIFFORD ESTATES brodé dans le dos en lettres d'or, les deux articles étaient également tentants.

— Je peux avoir les d... deux ? risqua-t-il. Comme s... sou... ouvenirs ?

— Bien sûr ! fit la jeune femme en riant aux éclats. Les vestiaires sont par là.

— Tu as vu, ch... chérie ? lança-t-il à son épouse en titubant vers la porte indiquée. Incroyable !

— Et moi, hi-hi-hi, fit la vieille dame en s'accrochant à lui, j'ai eu droit à ce kimono de soie, hi-hi.

« Dans votre cabine, reprit la speakerine, vous trouverez un sac marqué PRESSING pour vos effets personnels. En sortant, confiez-les à votre hôtesse : ils seront rapportés dès ce soir, lavés et repassés, à votre villa. Le nécessaire de toilette et le vêtement de rechange vous sont gracieusement offerts par la direction. »

Des jours qu'ils ne s'étaient changés. Heureux de se débarrasser de leurs vêtements moites et de la crasse qui leur poissait la peau, c'est en riant qu'ils prirent le chemin des vestiaires, tandis que, pompeuses et solennelles, les premières mesures de *Water Music* dévalaient des haut-parleurs.

Transmongolien – Huitième jour

Gengis Khan exhiba triomphalement son butin et s'esclaffa bruyamment.

Inquiets, les passagers se dévisagèrent en silence, tandis que le gros flic montrait au marchand ouïgour la cause de son hilarité – une minuscule fiole jaune retrouvée dans les affaires de Xiao Rong. Celui-ci à son tour éclata de rire et se tourna vers la fuwuren, qui poussa un cri d'effroi et, pâle et tremblante, traduisit enfin à Jonathan. Ce n'était pas très rapide, mais c'était efficace, et de toute façon, ils n'avaient pas le choix : Gengis Khan ne pratiquait pas la langue de Molière, et nul dans le train ne causait mongol. Par chance, une des fuwuren, native du Xinjiang, possédait de solides rudiments d'ouïgour, et parmi les rares marchands présents sur le quai à cette heure matinale s'était trouvé cet Ouïgour parfaitement versé dans les subtilités de l'idiome du cru.

— Qu'est-ce qu'il dit, le Grand Moghol ? s'impatienta une commère en robe de chambre dans le couloir.

— Il dit que Benoît a été empoisonné, dit Jonathan.

Ponctuée de Mon Dieu ! et autres invocations au Ciel d'usage en pareilles circonstances, la nouvelle se répandit par ondes concentriques dans tout le train, et au-delà sur le quai où ils s'étaient attroupés, anxieux d'apprendre le fin mot de l'affaire, et surtout impatients de savoir quand ils repartiraient.

Mais déjà d'autres informations jaillissaient du canal franco-sino-ouïgouro-mongol.

— Il dit que c'est un poison chinois très rare et qui ne laisse aucune trace.

— Je le savais ! fit la commère.

— Elle n'était pas claire, je l'ai toujours pensé, affirma sa voisine.

— Trop polie pour être honnête, approuva une troisième.

La petite fiole jaune ne faisait que confirmer ce que sa disparition leur avait déjà fait supputer.

Imperturbable, Jonathan poursuivit.

— Il demande si quelqu'un a aperçu Xiao Rong cette nuit et à quelle heure. Il nous conseille de coopérer sans restriction. Il prévient que le train ne repartira pas tant qu'il n'aura pas une réponse satisfaisante à chacune de ses questions.

L'avertissement eut pour effet de délier les langues et en un clin d'œil le canal fut saturé de bruits, rumeurs et on-dit manifestement destinés à renforcer les trop évidents préjugés de Gengis Khan mais que l'intéressé, qui ne pensait pas boucler si facilement son enquête, enregistrait avec des grognements de satisfaction. *Benoît et Xiao Rong s'étaient disputés... on avait entendu des cris dans leur compartiment... depuis plusieurs jours ça n'allait plus entre eux... même qu'une fois elle l'avait menacé...* De ce flot de racontars aussi inconsistants qu'invérifiables, quelques faits émergeaient avec une certaine constance : peu avant le départ de la frontière, plusieurs témoins l'avaient aperçue quittant furtivement le nid d'espions, vêtue comme pour sortir, le visage blême et l'air bouleversé.

Estimant sans doute en savoir assez, Gengis Khan d'un geste impérial demanda le silence et, prenant une pose avantageuse, prononça d'un ton pénétré quelques phrases bien senties. À la mine déférente qu'affichèrent successivement le marchand ouïgour et la fuwuren, ils crurent qu'il s'agissait enfin du verdict libératoire tant espéré.

— Chut ! fit-on sur le quai. Taisez-vous à la fin !

Dans un silence total, la fuwuren acheva de traduire à Jonathan la harangue du policier, tandis que celui-ci scrutait leurs réactions d'un œil matois.

— Alors, docteur ? demandèrent-ils, impatients.

— Il dit que Xiao Rong a tué Benoît juste après le contrôle douanier, et qu'elle a profité de la confusion à la frontière pour s'enfuir.

Un murmure approbateur s'éleva de la foule et le gros flic vaniteux se rengorgea.

— Attendez ! s'empressa d'ajouter Jonathan. Il dit aussi...

Ils retinrent leur souffle.

— ... qu'il va devoir faire... examiner Bob...

La fin de sa phrase se perdit dans un tollé de protestations. *Charcuter le macchab ? Mais on y sera encore demain ! Et que vient faire ce pauvre Bob là-dedans ?*

En leur for intérieur pourtant, ils le savaient, cette conclusion était inévitable. À peine élucidée, la mort de Benoît éclairait celle de son ancien comparse d'un jour trouble.

Le train s'était replié sur ses mystères comme un patient sur sa rage de dents. À peine si, depuis le départ d'Ulan Bator, quelqu'un avait remarqué le changement pourtant spectaculaire de paysage : le vert profus de la taïga se limitait désormais aux rares touffes d'herbe trouant encore çà et là l'obsédant camaïeu de sable et d'ocre. Le regard qui, des jours durant, avait buté sur la muraille impénétrable de la forêt sibérienne s'épanchait à présent librement dans l'infini de la steppe.

Seuls vestiges de verticalité en ce monde désespérément horizontal, les poteaux télégraphiques en bois qui défilaient de part et d'autre de la voie faisaient entre terre et ciel comme de dérisoires sutures. De temps à autre, une yourte, un troupeau de chèvres, un cavalier en tunique de feutre témoignaient pourtant de l'attachement des hommes à ce lieu déserté des dieux.

Mais le spectacle du monde extérieur désormais ne les concernait plus. Mieux, ils le récusaient. Ne venaient-ils pas d'avoir la confirmation définitive de son imposture ? Un drame terrible ne s'était-il pas noué, là, sous leurs yeux, sans qu'ils en eussent seulement pressenti l'existence ? Qui parmi eux avait compris que la partie se jouant au nid d'espions était plus qu'un innocent passe-temps et avait en réalité un enjeu mortel ?

Pourtant, les indices n'avaient pas manqué, à commencer par la présence insolite d'une Chinoise dans un train pour la Chine.

Plan par plan, ils se repassaient le film du voyage, s'étonnant de n'avoir su y déceler des signaux qui leur paraissaient à présent flagrants. Ils se reprochaient leur aveuglement, la naïveté, l'excès de confiance, le manque de vigilance dont ils avaient fait preuve, leur indifférence, leur manque d'attention aux autres. Le confort émollient du train leur avait fait oublier qu'ils vivaient dans un monde dangereux, peuplé d'individus aux intentions troubles.

Mais la leçon était apprise. On ne les surprendrait plus. Plus jamais ils ne prendraient les apparences pour argent comptant. Ce qu'ils exigeaient à présent, c'étaient des certitudes. Qui était vraiment cette Chinoise ? Qu'était-elle venue faire dans ce train ? Pour quels motifs avait-elle tué ? Répondre à ces questions n'était pas seulement une exigence de vérité, mais un impératif de sécurité. Car ce qu'ils redoutaient par-dessus tout, c'était que cette énigme en dissimulât une plus terrible encore.

Un train pouvait en cacher un autre.

Contrairement à ce qu'ils avaient craint, l'hybride mi-lama mi-rebouteux réquisitionné pour examiner Bob n'avait pas été long à conclure. « Vous n'avez rien à vous reprocher, cher confrère, avait-il rassuré

Jonathan. C'est un poison très discret et très sournois. Même ici, bien peu savent le reconnaître. »

Avant de consentir à les laisser reprendre leur route, Gengis Khan avait débarqué les deux corps, et bien entendu vidé le nid d'espions de tout ce qui ressemblait de près ou de loin à une « pièce à conviction », bagages, vêtements, ordinateur, argent, et plus généralement de tout objet de quelque valeur qu'en bon père de famille soucieux d'améliorer l'ordinaire des siens, il avait dû s'empresser de monnayer aux puces d'Ulan Bator ou à ce qui en tenait lieu.

Depuis, ils faisaient assaut d'imagination. C'était à qui, le premier, trouverait la clé du mystère. Aucune hypothèse, même des plus farfelues, n'était négligée.

— Elle cachait quelque chose. Bob et Benoît l'ont démasquée et elle les a éliminés, résuma quelqu'un. C'est aussi simple que ça.

— Absolument pas, répliqua quelqu'un d'autre. À l'évidence elle n'a pris ce train que pour les assassiner ! Sinon, pourquoi aurait-elle emporté cette fiole ?

— C'est vrai, approuva un troisième. Le coup était prémédité.

— Pas du tout, objecta le premier. Elle a très bien pu se procurer le poison en cours de route !

— C'est ça ! ironisa l'autre. Auprès des marchandes de quatre-saisons sur le quai d'une gare au fin fond de la Sibérie, sans doute ?

— Non, mais pourquoi pas à Moscou ? Le docteur a bien su où trouver nos petites boîtes rouges, lui !

Jonathan certifia ne pas l'avoir croisée chez son apothicaire, mais ça ne signifiait rien. Chacun fouilla dans ses souvenirs, et pour finir on dut admettre que nul ne pouvait dire avec certitude ce qu'elle avait fait durant l'intermède.

Pourtant, la question était d'importance. Si elle avait emporté le poison de Paris, la préméditation était certaine. Mais si elle ne se l'était procuré qu'ensuite, la thèse d'un double meurtre « opportuniste », à la suite de quelque incident survenu en route, ne pouvait être écartée.

— Moi, remarqua une fine mouche, si j'avais eu l'intention de buter deux mecs, j'aurais agi en silence, sans me mettre en avant. Je ne me serais pas affichée tout le temps avec mes futures victimes. Et certainement pas amourachée de l'une d'elles !

— Et encore moins disputée avec elle quelques heures avant de la supprimer ! approuva une autre.

On convint que tout cela était peu compatible avec une préméditation et l'on revint sur la fameuse dispute. Pressés, les témoins se firent moins formels. Ils avaient bien perçu des éclats de voix, mais dans le vacarme du train, ce pouvait aussi bien être une discussion amicale un peu animée, voire ponctuée de rires.

— Et même si elle avait préparé son coup, remarqua alors quelqu'un, qu'est-ce qui prouve qu'elle avait prévu de les éliminer tous les deux ? Cela supposerait qu'elle ait eu un compte à régler avant le départ de Paris, un compte... joint, en quelque sorte. Mais Bob et Benoît ne se connaissaient pas, ils n'avaient même rien en commun.

— Qu'en savez-vous ?

— Sérieusement, en admettant qu'ils se soient connus tous trois avant le départ, ou que Bob et Benoît aient, chacun de son côté, donné à Xiao Rong un motif de les assassiner, quelle chance y avait-il pour qu'ils se retrouvent tous dans le même train ?

— Elle a pu magouiller pour obtenir de voyager avec ses victimes !

— J'imagine d'ici la scène : « Madame, pourriez-vous s'il vous plaît placer Untel et Untel dans le même compartiment que moi, afin que je puisse tranquillement les occire ? »

— Au fait, par quel stratagème a-t-elle pu accéder à ce train ?

— C'est vrai, ça. N'est-il pas réservé aux seuls bénéficiaires de la Loi de délocalisation ?

On la voyait mal en effet déposer, auprès de l'assistante sociale de sa mairie, un dossier de candidature complet avec fiche d'état civil, attestation de domicile, justificatifs de revenus, certificats de travail de tous ses employeurs, relevé d'identité bancaire et le reste, puis répondre aux questions inquisitrices de la commission de qualification, et enfin attendre six à huit mois, temps moyen de réaction de l'administration, d'être convoquée un beau matin, avec ses bagages, au pied d'un TGV... où comme par hasard elle retrouvait ses futures victimes.

Ça ne tenait pas debout. On avait beau tourner le problème sous tous les angles, on piétinait. Jusqu'à ce que quelqu'un, d'une phrase, débloquât la situation. Comme souvent en pareil cas, on s'était imposé une contrainte de trop :

— Pourquoi vouloir à tout prix relier les deux meurtres ?

— C'est vrai ! Après tout, elle a très bien pu préméditer le premier et improviser le second.

— Mais oui ! Pour une raison ou une autre, elle décide de liquider Bob. Et patatras, voilà qu'elle est forcée de tuer Benoît aussi.

— Le pauvre a dû la surprendre en flagrant délit, ou découvrir après coup ce qu'elle avait fait.

— Elle aura simplement voulu supprimer un témoin gênant.

— Je suis d'accord. Elle n'avait pas prévu ce second meurtre.

Un consensus semblait enfin émerger. Restait à trouver un motif plausible au meurtre de Bob. Un préjudice qu'il lui aurait fait subir, sans doute, et dont elle aurait voulu tirer vengeance. Mais lequel ? Bob avait fait partie d'une corporation tenue pour responsable de la ruine des fonds de pension et de nuées d'investisseurs particuliers. Xiao Rong était peut-être l'une de ses victimes ?

On dut reconnaître que ce n'était que pure spéculation. Faute de faits avérés en nombre suffisant, on se perdait en conjectures. C'était à désespérer de trouver jamais la vérité.

— De toute façon, lâcha quelqu'un en guise de consolation, elle n'ira pas loin. Gengis Khan finira par la retrouver.

Profitant de la position de vieux sage au-dessus de la mêlée que tous lui reconnaissaient désormais, Jonathan s'était contenté de les écouter, soulagé au fond par le tour que prenait leur discussion.

Obnubilés par la fuite de Xiao Rong, à aucun moment ils n'avaient envisagé que la mort de Bob et Benoît fût en relation avec les dangereuses idées qu'ils manipulaient.

À aucun moment, ils n'avaient approché la vérité.

À Choiren, dernière station avant le Gobi ? Ou même avant ? Nul ne savait au juste quand les fuwuren avaient filé.

Simplement, à l'heure du dîner, elles n'étaient plus là.

Ils dirent :

— C'est à cause de ces morts à répétition. Aucune importance, demain matin, café au lait et croissants à Clifford Estates !

Peu avant le coucher du soleil, quelqu'un dit :

— Tiens, il n'y a plus la moindre touffe d'herbe.

C'est là seulement qu'ils réalisèrent que c'était le désert.

Depuis plusieurs heures, on ne roulait plus.

Dans la nuit épaisse, impossible de savoir où l'on était. Quelque part au milieu du Gobi, assurément. Mais qui s'en souciait ? Un à un, ils s'étaient endormis.

Seul, dans l'obscurité de son compartiment, Jonathan avait remarqué le silence. Un silence étrange, comme de sa vie il n'en avait entendu, comme nul dans ce train n'en avait de sa vie entendu, silence inhumain, que seules les bêtes de ce désert devaient encore connaître.

Vrombissement des ventilateurs, vibrations des arbres dans les paliers des moteurs, grésillement des ampoules électriques, jets d'air comprimé fusant des pistons de freins, tous ces bruits qui d'ordinaire marquent la présence et l'industrie de l'homme, bruits importuns mais au fond si rassurants, tous ces bruits bienveillants avaient cessé. On n'entendait que le vent et sa propre respiration, et des deux souffles soudain l'on réalisait à quel point le second était le plus précaire.

Seul, dans ce silence, il veillait. Normal, se raisonna-t-il. Pour eux, tout finissait à Clifford Estates. Bientôt, ils n'auraient plus de soucis. Mais pour lui, une vie nouvelle commençait. Après douze longues années, Xuan l'avait enfin contacté. Xuan, l'allié fidèle, qui jamais ne l'avait lâché, Xuan, l'ami énigmatique dont il ne s'expliquait toujours pas la constance de l'attachement.

Pourtant, il le connaissait assez pour savoir qu'il y avait autre chose qu'une pure amitié : Xuan ne faisait jamais rien pour rien, et le reconnaissait sans vergogne. C'était, proclamait-il, un élément clé de l'*ethos* chinois, sans la compréhension duquel il était vain pour un étranger de chercher à commercer avec ses compatriotes.

Chaque Chinois, selon lui, portait, inscrit au plus profond de ses neurones, une sorte de compte courant destiné à recueillir la mémoire de toutes ses créances et toutes ses dettes, les siennes propres comme celles de son clan. La monnaie de ce compte n'était pas l'argent, mais le service rendu. Loin d'être vierge à la naissance, ce registre virtuel comprenait déjà la trace des services, infimes ou immenses, récents ou immémoriaux, rendus à d'autres par sa famille, et de tous ceux dont elle se trouvait redevable. Ainsi, dès son plus jeune âge, chaque Chinois savait-il exactement ce qu'il devait à chacun et ce que chacun lui devait, soit à titre personnel, soit au titre du compte commun de son clan. Chaque fois qu'il obligeait un partenaire, ou obtenait de lui une faveur, le compte correspondant était crédité ou débité. « Si ton compte avec ton voisin est fortement créditeur, tu sais que tu peux en exiger beaucoup ; et à l'inverse, s'il est fortement débiteur, tu sais que, le moment venu, tu ne pourras rien lui refuser. Tout le jeu consiste à accroître au maximum ton crédit. Car plus ton compte est garni, plus tu peux exiger d'autrui, plus tu peux avoir d'ambitions. Et si tu deviens créancier de personnages eux-mêmes très puissants, tu peux obtenir d'eux qu'ils usent à ton profit de leur propre crédit. C'est la base même du *guanxi*, le clientélisme à la chinoise. En revanche, pour les mêmes raisons, tu ne peux rien espérer de quelqu'un avec qui tu n'es pas en compte et c'est pourquoi il est impossible à un étranger d'entrer dans le jeu, car son crédit familial initial est par définition nul, et il n'a pas le temps d'accumuler des créances suffisantes auprès de chacun de ses partenaires potentiels. Le seul moyen pour lui, c'est d'amorcer son guanxi artificiellement, avec de l'argent. » Ainsi justifiait-il la corruption invétérée de ses compatriotes.

Déjà surabondamment approvisionné du temps de son père, le guanxi de Xuan semblait alors inépuisable, et il l'avait généreusement mis à la disposition de Jonathan.

Du gouverneur à la plus humble gardienne d'immeuble en passant par le secrétaire du Parti, le directeur des services fiscaux et le capitaine des pompiers, il n'était pas un personnage dans cette province qui n'ait été peu ou prou débiteur de Monsieur Ho ou de son clan. En quelques mois, simplement en tirant sur ce compte miraculeux, Jonathan était parvenu jadis à accomplir plus qu'aucun businessman étranger en cinq années de cadeaux somptueux, banquets fastueux et gras pots-de-vin.

Longtemps il s'était mépris sur les raisons de l'intérêt de Xuan pour sa clinique de Canton, pensant naïvement qu'il n'en escomptait qu'un bénéfice financier. Il n'en avait saisi la nature réelle que lorsque la situation avait commencé à se détériorer. La vision esquissée avec Xuan dans les vapeurs saturées d'alcool du Propaganda s'était en effet révélée, à l'épreuve des réalités, outrageusement optimiste. Le climat de guerre civile larvée qui s'était installé dans le pays n'était pas bon pour les affaires. Les Chinois d'outre-mer, sur qui ils avaient beaucoup tablé, répugnaient à venir se soigner dans un pays en proie aux émeutes. Pour la même raison, ceux du continent – princelings, tycoons, et autres nouveaux riches – préféraient dans la mesure du possible se faire greffer discrètement à l'étranger. Bientôt, la clientèle se limita aux seuls malades n'ayant pas trouvé ailleurs d'organe compatible. Après avoir épuisé tout autre recours, parfois à l'article de la mort, ces désespérés se rabattaient sur la clinique, suppliant Jonathan de leur trouver un donneur.

Dès lors, la disponibilité immédiate des greffons devint le facteur critique. C'était plus vrai encore pour les protégés de Monsieur Ho. De temps en temps, son secrétariat particulier appelait pour recommander un malade – membre du Comité central, général de haut rang, ministre – à traiter toutes affaires cessantes. Ne pas trouver de solution pour ces VIP n'était même pas pensable.

Malheureusement, Jonathan avait découvert que, même dans un réservoir d'un milliard et demi d'habitants, il n'était pas facile de recruter des donneurs. Les paysans débarquant chaque matin par milliers en gare de Canton, prêts à troquer un bout de chair contre un bol de riz, se révélaient le plus souvent impropres à la consommation, vérolés qu'ils étaient par l'hépatite virale, le sida ou parfois les deux. Quant aux autoroutes de la province, elles n'avaient pas démenti leur réputation de premières tueuses du pays. Mais les familles des victimes, désireuses de permettre au cher défunt de se présenter dans toute son intégrité devant ses ancêtres, refusaient véhémentement d'en laisser prélever le moindre échantillon. Tabou profondément ancré dans l'inconscient collectif, que plusieurs décennies d'athéisme d'État n'étaient, semblait-il, pas parvenues à éradiquer : ainsi, s'était souvenu Xuan un peu tard, les eunuques impériaux conservaient-ils, pieusement emballées dans du papier de soie, en vue de leur rencontre avec l'Empereur d'en haut, les parties de leur personne sacrifiées à celui d'en bas.

Entre la rareté des clients et la pénurie des pièces de rechange, le bilan de la clinique s'était durablement installé dans le rouge. N'était le soutien sans faille de son principal actionnaire, il aurait fallu la fermer. Un jour qu'il s'était résolu à évoquer avec lui cette éventualité, Jonathan s'était attiré une cinglante fin de non-recevoir.

— Ce n'est vraiment pas raisonnable, avait-il insisté. Chaque patient coûte plusieurs fois ce qu'il rapporte. Ce n'est plus un business, c'est un service public !

— Laisse-moi donc juge de ce qui est ou non raisonnable. Est-ce que j'interviens dans tes choix thérapeutiques, moi ? De quoi te plains-tu, à la fin ?

C'était vrai. Après tout, il avait à nouveau la possibilité d'exercer le métier qu'il aimait, dans des conditions exceptionnelles de surcroît, et en sus des replets honoraires qu'elle lui versait, la clinique avait mis à sa disposition une des plus somptueuses villas du quartier résidentiel de Canton, où, cntouré d'une kyrielle de gouvernantcs, domestiques, cuisinières, jardiniers et chauffeurs, il vivait sur un pied à faire pâlir un ambassadeur. Mais justement.

— Ça me gêne de vivre à tes crochets, voilà !

— Je vois, fit Xuan, sarcastique. Madame fait sa crise d'indépendance.

— Connard !

— Alors, poursuivit Xuan sans relever l'injure, si ça peut calmer tes scrupules, laisse-moi t'expliquer quelque chose...

Le long commentaire auquel il se livra ce jour-là se contractait en un seul mot : guanxi. Pour obliger ses innombrables partenaires d'affaires et alliés politiques, il disposait déjà de toute une gamme d'instruments dont il jouait avec maestria selon l'effet qu'il cherchait à obtenir. La panoplie s'étendait des flottes de jets privés, yachts et limousines de luxe qu'il mettait à la disposition de la vanité de ses hôtes, aux palaces, appartements et hôtels particuliers où, dans toutes les grandes capitales, il les traitait avec munificence, en passant par les banques et compagnies d'investissement par le truchement desquelles il intervenait pour soutenir la position en bourse d'un ami, lui accorder la ligne de crédit salvatrice ou financer une réélection problématique. Mais de tous ces outils, aucun n'égalait à ses yeux la clinique. Car si ceux-là créaient des obligations d'argent, de carrière ou de réputation, seule cette dernière engendrait des créances de vie.

— Chacun des patients que je t'adresse reste mon obligé pour chacun des jours de vie supplémentaires que tu lui octroies. Ce que tu produis dans ta clinique, aucun autre investissement ne pourrait me le rapporter. Et même si cela devait me coûter cent fois plus, ce serait encore rentable.

Ce jour-là seulement, Jonathan avait commencé à comprendre ce qui motivait vraiment son ami : aux altitudes où il évoluait à présent, la fortune n'était rien. Seul comptait le pouvoir. Mais il pouvait déjà s'offrir n'importe quelle charge et avait refusé avec hauteur celles de gouverneur du Guangdong, de chef de l'exécutif de Hongkong, de ministre d'État... Et quand on lui avait proposé celle de vice-président de l'Assemblée nationale populaire – dont pourtant s'était jadis enorgueilli son père – il l'avait encore dédaignée, rappelant à Jonathan, en guise d'explication, l'altière devise d'un rival malheureux de Louis XVI : « Roi ne puis, prince ne daigne : Rohan suis. »

Se pouvait-il qu'en accumulant patiemment tant de créances de vies, auprès de tant de puissants débiteurs, le prince des princelings aspirât à un rang plus élevé encore, le seul que l'argent seul ne pouvait acheter ?

La réponse, il l'avait eue peu de temps avant de prendre ce train.

« Pouvez-vous nous suivre ? » avait simplement demandé l'un des Chinetoques venus le cueillir à l'entrée de son squat, avant de le pousser sans trop de ménagements dans une grosse berline noire.

Plus stylés mais guère plus loquaces, ceux de l'ambassade l'avaient, dès son arrivée, conduit dans une sorte de bunker, au centre du parc de la propriété. Une table ovale, quelques fauteuils de cuir noir, et au mur un écran plasma sur lequel on aurait pu sans peine disputer une partie de squash : la salle de vidéoconférence de la chancellerie, avait-il cru comprendre. Blindée contre les oreilles indiscrètes. Pour les communications de haute sécurité avec Pékin, où un personnage souhaitait s'entretenir avec lui. Non, ils ne pouvaient pas lui dire qui. Ils le priaient de prendre place et de patienter.

Voir venir et protéger ses arrières : fidèle à ses vieux principes de fang shui, il s'était assis face à la porte, sous l'écran.

Un maître d'hôtel ganté de blanc lui avait servi du thé et des dim sum, sur lesquels il s'était jeté avec une voracité de bête, son dernier repas chaud remontant à l'avant-veille et ses derniers dim sum à plus de dix ans. Comprenant à qui il avait affaire, le larbin était aussitôt parti se réapprovisionner aux cuisines.

Au bout d'un moment, escortée de toute une cour, une excellence était entrée – à en juger par les courbettes des autres, l'ambassadrice en personne – et, sans paraître remarquer ses guenilles, l'avait congratulé avec effusion.

— Ah ! Docteur Bronstein ! s'était-elle écriée en s'asseyant à ses côtés. Vous pouvez vous vanter de nous avoir donné du fil à retordre !

Et d'entreprendre de lui narrer par le menu les péripéties de la chasse à l'homme lancée depuis plusieurs mois pour le retrouver. Cause toujours, s'était dit Jonathan, abîmé dans ses dim sum. La quintessence de l'odyssée se perdait de toute façon dans le vacarme de ses mandibules.

Tout occupé à faire un sort à sa troisième fournée de raviolis, il ne remarqua pas de suite le mutisme soudain de l'ambassadrice.

Quand finalement il leva le nez de son assiette, il aperçut le maître d'hôtel terrifié, lui faisant désespérément signe de se lever.

C'est là seulement qu'il les vit. Devant lui, tous, larbins et excellences, prosternés comme devant une divinité.

Alors il se retourna et sur l'écran découvrit Xuan qui l'observait en silence, l'air narquois, tandis que l'ambassadrice, pétrifiée, balbutiait l'antique formule de révérence impériale :

— Dix mille ans, Monsieur le Président.

— Tu ne lis donc pas les journaux ?

— Les journaux ! explosa Jonathan. Si tu savais ce que j'en fais !

S'informer de la marche du monde était un luxe que ne pouvaient s'offrir que ceux qui, le soir venu, savaient où bouffer et pioncer. Pour tous les autres, le seul usage légitime du papier journal était thermostatique et hygiénique. Et donc, non, il s'en excusait, il n'avait pas appris que Xuan était devenu le premier président élu au suffrage universel de la toute jeune République chinoise. La nouvelle lui avait peut-être en passant effleuré le sphincter, mais il n'avait rien remarqué. Il ne savait d'ailleurs pas davantage qu'il y avait à présent une démocratie en Chine, on avait omis de le tenir au courant. Quant à lui, Xuan, il ne le croyait même plus en vie. Et, à vrai dire, il s'en battait les couilles. Merde.

— Pardonne-moi, dit Xuan effrayé par la violence et la grossièreté inhabituelles de la diatribe. Je n'avais pas l'intention de te vexer...

— Me vexer ! fit Jonathan les larmes aux yeux.

Tu n'as pas l'air de bien te rendre compte... de... de ce qu'a été ma vie ici...

— Allons ! dit Xuan presque tendrement. C'est fini à présent. Vraiment fini.

L'homme aux gants blancs était revenu à point pour détendre l'atmosphère. C'était bien une idée à la Xuan, ce souper en tête à tête, à onze mille kilomètres de distance, par écrans plasma interposés. À Paris comme à Pékin, même menu – crabe poché et oie bouillie-rôtie au vinaigre blanc de Chaozhou –, même vin – Bollinger récemment dégorgé –, même musique d'ambiance – pièces de *qin* traditionnelles de la Chine du Sud. Avec un peu de bonne volonté et en tamisant la lumière de part et d'autre, on aurait pu se croire à l'Amphitryon. Intact, le charme de Xuan avait fait le reste.

Particulièrement en verve, il s'était lancé, sur le mode épique, dans le récit de sa Longue Marche vers le pouvoir suprême – comment, avec la complicité des princelings, il avait exterminé les derniers dinosaures du Parti, comment, avec celle de l'État-major, il s'était défait des princelings et comment finalement, avec celle du corps électoral, il avait fait rentrer les badernes dans les rangs. Jonathan l'avait écouté poliment, attendant le moment propice pour le lancer sur le seul sujet qui l'intéressât et dont Xuan jusque-là s'était bien gardé de toucher mot, l'épisode sans gloire de l'épopée, d'où pourtant tout était parti.

— Qu'avais-tu à faire de cette usine ? était-il enfin parvenu à placer.

— Quoi, quelle usine ? avait feint Xuan, visiblement désarçonné.

— Shuangfeng. Tu étais dans l'armement naval, la finance, les hautes technologies. Quel besoin avais-tu d'une usine de textile pourrie ?

Xuan s'était fait verser à boire, comme toujours lorsqu'il cherchait à gagner du temps. Et puis, il s'était jeté à l'eau. L'usine, bien sûr, il s'en fichait comme de sa première chemise. Il ne l'avait acquise, dans ces conditions particulièrement iniques, que pour créer un incident. L'affaire de Shuangfeng n'avait été qu'une provocation montée de toutes pièces pour mettre le feu aux poudres.

— Il était vital de déclencher un changement radical en Chine.

Au regard anxieux qu'il lui avait lancé, Jonathan avait compris que pour une fois son ami n'était pas si sûr de son bon droit.

— C'était le prix à payer pour instaurer la démocratie, avait-il même cru devoir insister.

Jonathan n'avait pas voulu l'embarrasser davantage. *Il faut que certains meurent pour que le plus grand nombre vive*, le calcul des vies et tout ça, il connaissait. Et puis, c'était le passé. Il était temps de songer à l'avenir.

— Laisse tomber, avait-il dit, conciliant. Dis-moi plutôt ce que tu attends de moi.

C'est alors que, pour la première fois, il avait entendu parler de Global Waste.

Jonathan baissa la vitre et une bouffée tiédasse s'engouffra dans le compartiment, palliant comme elle pouvait l'immobilité du train et l'arrêt de la ventilation. Ce n'était pas le moment de faire la fine bouche. Dans quelques heures, le soleil implacable lui ferait regretter la mansuétude, même relative, de cette nuit.

À l'approche de l'aube, le vent rendit son dernier souffle. Seuls, de loin en loin, un accès de toux, le sourd ronflement d'un dormeur, le cri d'effroi d'un rêveur défiaient encore le silence.

Jonathan tendit l'oreille et sourit, satisfait. À chacun de ces sons, il pouvait associer un visage, un nom, une histoire. Une fois encore, malgré lui, l'étrange alchimie avait opéré. À force d'attention chez l'un, d'abandon chez les autres, il était devenu leur médecin, ils étaient devenus ses patients.

Pourquoi Xuan les lui avait-il confiés ? « Toi seul peux réussir », lui avait-il répondu, croyant le combler d'une flatterie. Mais il y avait forcément autre chose. Sur l'échiquier de ce maître manipulateur, aucun pion n'était inutile, aucun mouvement anodin. Simplement, sa vision du jeu pénétrait à de telles profondeurs qu'il était impossible à ses futures victimes de percer ses intentions, elles n'en saisissaient le génie qu'une fois mat.

Lui seul, c'était entendu, pouvait réussir. Mais là n'était pas la question. La question était : pourquoi le leader de la plus puissante nation du monde s'intéressait-il au sort des passagers de ce train ?

La loco avait disparu. Elle avait dû dételer dans la nuit, mais ils ne s'en étaient aperçus que tard dans la matinée quand, la température intérieure devenant insupportable, les plus impatients étaient sortis s'enquérir des causes de cette panne persistante.

En apprenant la nouvelle, tous étaient descendus sur le ballast, autant pour vérifier par eux-mêmes que pour échapper à la chaleur suffocante des compartiments.

Il leur fallut bien se rendre à l'évidence : on les avait abandonnés en plein désert, sur une voie unique, à l'écart de tout trafic. Aussi loin que portât la vue, ce n'était que poussière de sable, rocailles brûlantes et ossements blanchis.

— L'eau ! s'écrièrent-ils en réalisant ce qui les attendait.

Ils se ruèrent vers les wagons-restaurants. Qu'est-ce qu'ils s'imaginent ? se dit Jonathan en les regardant. Qu'avant de se barrer, le personnel a obligeamment rempli frigos et réservoirs ?

Il les raisonna. La déshydratation les guettait.

L'essentiel était de s'économiser en attendant le retour de la loco. Elle ne devrait plus tarder. Les mécanos avaient dû être confrontés à un problème insoluble et partir chercher du secours. En tenant compte de la distance parcourue la veille, on devait se trouver à moins de cinq heures de la frontière chinoise. Vu le temps déjà écoulé depuis l'heure probable de leur départ, ils seraient de retour avant midi.

Vers 15 heures, on convint qu'on ne pouvait se contenter d'attendre sans rien tenter. Emportant dans des Thermos leurs dernières réserves d'eau, des volontaires partirent reconnaître la voie en amont et en aval.

Les autres restèrent allongés en silence à l'ombre des wagons.

Et puis l'on signala, tournoyant encore haut dans l'azur, les premiers rapaces.

En fin d'après-midi, la première équipe d'éclaireurs revint et le moral général chuta d'encore un cran : bien qu'ayant marché jusqu'à l'extrême limite de leurs forces, ils n'avaient trouvé ni route ni embranchement, pas la moindre trace d'activité humaine.

La seconde équipe ne revint pas, et l'on comprit que c'était pour elle que tournaient les vautours.

Peu avant le crépuscule, une longue plainte à l'autre extrémité de la rame prévint Jonathan du premier décès.

Revint la nuit clémente et avec elle de nouveaux dangers. Aux charognards surgis de l'ombre, il fallut disputer les morts et parfois les agonisants.

Jonathan insista pour que l'on chargeât les cadavres dans le fourgon de queue. On ne pouvait les abandonner aux bêtes. À l'arrivée, les familles seraient avisées du regrettable accident survenu à leurs proches, et on leur demanderait quoi faire des restes. À n'en pas douter, soulagées par la soudaineté inespérée de ce dénouement – et dissuadées par les frais –, la plupart n'en auraient cure. Mais on ne pouvait exclure que l'une ou l'autre, par excès de piété filiale et sans regarder à la dépense, demandât le retour des cendres chéries.

Ayant bon gré mal gré payé aux morts le tribut de respect minimum auquel leur apparence humaine leur donnait droit, ils coururent se réfugier à nouveau dans le train.

De retour dans son compartiment, Jonathan tira les rideaux. Sans faire de bruit, il souleva le tapis, démonta la trappe du plancher et exhuma la bonbonne d'eau et les biscuits qui y étaient planqués.

Toutes les vies ne sont pas égales, lui avait inculqué Xuan. Jamais comme en cet instant il n'avait perçu la vérité de cet enseignement. Sa vie valait plus que leurs vies, car c'était une vie qui servait à la vie, quand les leurs ne servaient plus à rien.

Et puis, au milieu de la nuit, alors que nul n'espérait plus, un léger choc ébranla le train. La ventilation se remit à tourner. La lumière revint. L'instant d'après, ils roulaient.

À quoi tient la vie, s'émerveilla Jonathan. Il y a peu, ils agonisaient. Et voilà que le train prenait de la vitesse, et qu'ils ressuscitaient.

Quand le jour se leva, il avait atteint son allure de croisière, et tous ne songeaient plus qu'à vivre.

En croisant le premier train – un train Global Waste, reconnaissable entre tous à sa couleur verte et à son fumet unique – c'est presque avec délectation qu'ils s'enduisirent les narines de la pâte camphrée de Jonathan : maintenant, ils pouvaient en être sûrs, on avait rejoint la voie principale. La voie principale, ses poteaux télégraphiques, ses gares, ses contrôles douaniers et ses nauséabonds convois. La voie principale, dont on pouvait dire avec certitude d'où elle venait et où elle allait. La voie principale, où jamais on n'était seul. La voie principale, qu'on n'aurait jamais dû quitter.

À présent, les convois se succédaient à intervalles rapprochés, et ce battement régulier était comme la preuve de la vie qui reprenait, la plus élémentaire et la plus décisive des preuves, la preuve par la circulation, la preuve par le pouls. Peu importaient désormais la chaleur et la soif. On était à nouveau dans le flux vital.

Et puis ce cri, pareil à celui que les naufragés de la *Méduse* avaient dû pousser en découvrant le rivage salvateur :

— De l'herbe !

Et l'émerveillement. Le golf, le plan d'eau et ses voiliers, le bois et ses élégantes cavalières, le champ de courses, le terrain de polo, les cours à faire pâlir Roland-Garros, le stade, les bassins olympiques que de rares nageurs faisaient paraître plus olympiques encore, les parterres fleuris que Le Nôtre n'eût pas désavoués, les pavillons si bien de chez eux...

Et en chacun, cette pacifiante certitude : oui, décidément, la brochure tenait bien ses promesses, au-delà même de tout ce qu'ils avaient pu rêver...

Et pour finir ces mots en lettres géantes sur la colline, leur tourment, leur espoir, leur récompense : CLIFFORD ESTATES.

[illegible] principale [illegible]
[illegible]

[illegible] la preuve [illegible] la plus [illegible] par la [illegible] la preuve par le sang [illegible]

[illegible]

[illegible] salvateur.

[illegible]

[illegible] de courir [illegible] le pont [illegible]

[illegible]

[illegible]

VI

Je voudrais
Je voudrais n'avoir jamais fait mes voyages.

BLAISE CENDRARS
Prose du Transsibérien

Clifford Estates, 14 h 16

Haendel s'obstinait à déverser sa pompe sur le hall presque vide.

Les derniers passagers gagnaient les douches en titubant, abandonnant derrière eux un sol souillé de débris de verre et de flaques de champagne poisseuses.

Jonathan observait, anxieux, la fin des opérations.

Soudain des éclats de voix attirèrent son attention sur une mezzanine vitrée surplombant le hall : des silhouettes gesticulaient.

Les hommes en vert ! Pourquoi étaient-ils là ? Qu'avaient-ils à vociférer ainsi ? Placé comme il l'était, il ne voyait rien. Intrigué, il recula de quelques pas.

Et le vit.

Le Modigliani.

Debout, les cheveux défaits, les bras liés dans le dos par une cordelette qui enserrait aussi son cou, Xiao Rong répondait d'un air las à ses interrogateurs.

Le cœur de Jonathan s'emballa. Cette fois, il en était sûr. Ces uniformes... Ce cygne entravé, résigné à son sort... Cette femme et cctte scène, il les avait déjà vues. Mieux, il avait déjà vu cette femme-ci dans cette scène-là.

Mais où ? Et quand ?

Soudain, comme consciente de sa présence, elle tourna la tête dans sa direction, découvrant son visage salement tuméfié.

Alors seulement il se souvint.

C'était dans la carrière des environs de Canton qui servait d'habitude à ça. Xuan l'avait choisie en raison de l'autoroute toute proche qui permettait d'acheminer sans retard les organes.

Les hommes en vert avaient extrait le condamné du camion, les bras liés dans le dos par une corde qui enserrait aussi le cou, selon la tradition millénaire des bourreaux du Céleste Empire. Mais contrairement à une autre tradition qui voulait qu'on organisât pour l'occasion un grand show pédagogique, celui-ci n'avait pas été exhibé par les rues et stades de la province. Sa condamnation n'était pas destinée à édifier les masses, et moins encore son exécution. Il était même douteux qu'officiellement il eût jamais été arrêté.

C'était ce que Xuan appelait « une commande urgente ». Arrivé l'avant-veille des États-Unis, aux dernières extrémités, un de ses « protégés » attendait un foie. Relation d'affaires ? Homme politique ? Jonathan n'avait pas cherché à savoir. Dans tous les cas, une vie incommensurablement plus importante que celle qu'on allait lui sacrifier.

Après l'avoir examiné, Jonathan s'était rendu à la prison pour sélectionner un donneur. Son choix s'était porté sur ce garçon, dont il ne connaissait rien, sinon les caractéristiques histologiques. Le tribunal s'était réuni, et une heure plus tard son sort était scellé. Le lendemain, après un détour pour la forme par la cour d'appel, il avait été remis aux hommes en vert.

Il devait avoir dans les 20 ans. En lui bombant le torse à l'excès, ses bras entravés dans le dos lui conféraient un air de héros antique défiant tous les tyrans de la terrc. Fine à l'extrême, quasi féminine, sa silhouette tranchait avec celles des rustres qu'on exécutait ici d'ordinaire. Peut-être, comme le suggérait son visage méchamment amoché, l'un des étudiants raflés lors des émeutes de la semaine passée...

— Ne crains rien, lui avait-il dit presque amicalement. Si tu ne bouges pas, tu ne sentiras rien.

Il fallait appareiller le corps, afin d'être en mesure de démarrer la réanimation sans délai, aussitôt après l'exécution. De cette façon, les organes se conservaient mieux. Jonathan tenait à ce protocole *premortem*, dont les bénéfices étaient évidents et qui ne posait aucun problème dès lors qu'on parvenait à s'assurer la coopération de l'intéressé.

Quand tout se passait bien, c'est sur ses deux jambes, avec son tube bien en place dans le larynx et ses cathéters solidement plantés dans les artères, que le donneur partait vers son destin. L'instant d'après, une balle prestement logée dans le cervelet mettait fin à son calvaire. Cinq minutes plus tard, réduit à sa fonction essentielle de container d'organes, son cadavre dûment ventilé et irrigué prenait, toutes sirènes hurlantes, l'autoroute pour la clinique.

Mais si le patient se mettait à flipper, le scénario était nettement plus trash.

D'où la gentillesse.

— Ouvre grand la bouche, mon garçon, et fais « Aaaaaah ! »

Au grand soulagement de Jonathan, le jeune homme, résigné, avait obtempéré.

— *Hen hao !* Très bien !

Sans perdre de temps, un assistant lui avait copieusement arrosé la gorge d'un spray anesthésiant. Puis, avec une dextérité confondante, avant qu'il n'ait eu le temps de resserrer les dents, Jonathan l'avait intubé.

— *Meio wenti*, avait-il murmuré en tapotant la main du garçon qui commençait à paniquer. Tout va bien. Respire normalement.

Il ne restait qu'à poser les cathéters pour la circulation extracorporelle, et il serait prêt à brancher.

En insinuant la forte aiguille dans la carotide, Jonathan avait remarqué son cou.

Un long cou de cygne.

À la Modigliani.

Clifford Estates, 14 h 20

Soudain, comme pris de fièvre, le sol frissonna.

Chacun dans le hall retint son souffle.

Des profondeurs, du côté des vestiaires, montait un vrombissement formidable, non la vibration cyclique et rassurante d'un moteur, mais un tremblement convulsif, apériodique, de ceux qui signent les œuvres inhumaines – celles de la nature, celles du diable ou celles des hommes. Des hommes, le plus souvent.

Dans les profondeurs, du côté des vestiaires, un incendie gigantesque grondait.

De sinistres volutes noires obscurcirent la verrière et plus le brasier enflait, plus elles s'épaississaient.

Tout à coup une stridence assourdissante – comme vingt jets s'élançant simultanément – satura l'air.

Quelque part dans les entrailles de la terre, obéissant à quelque mystérieux signal, quarante tuyères d'enfer, poussées à l'extrême limite de leur puissance, déchaînaient dans la fournaise un vent mauvais, si furieux que la charpente métallique en était ébranlée, faisant craindre l'écroulement imminent des frêles voûtes de verre.

Mais le plus effroyable, c'était l'odeur.

L'épouvantable odeur de soufre et de corne brûlée.

Dans le hall, tous – grooms dans leurs grotesques uniformes d'opérette, hôtesses en kimono rose fluo – tous baissaient la tête, pétrifiés, comme s'ils réalisaient enfin ce qui était en train de se passer.

Puis, des murmures hostiles s'élevèrent des rangs. Quelques regards chargés de haine se tournèrent vers Jonathan. Un mouvement de foule s'amorça en sa direction.

La situation dérapait dangereusement.

— Dehors ! Tous ! Vite ! aboya-t-il de sa voix de commandement.

Galvanisés, les kapos se ressaisirent et jappèrent à leur tour. Un peloton d'hommes en vert lourdement armés fit irruption au pas de course dans le hall et s'interposa devant Jonathan.

Subjugués par la brutalité de cette reprise en main, grooms et hôtesses se dirigèrent docilement vers les portes.

Tandis qu'ils défilaient devant lui, Jonathan vit dans leurs yeux l'hostilité se muer en mépris.

Mais qui étaient-ils, ces ilotes, pour le juger ?

Un instant, il fut tenté de leur dire... La légitimité, la nécessité et même l'humanité, oui, l'authentique humanité de tout cela.

Mais il aurait fallu tout expliquer. L'économie qui ne redécollait pas... L'impossibilité de financer à la fois relance et retraites... L'obligation d'arbitrer entre l'avenir et le passé, entre la jeunesse qui désespérait et les papy-boomers qui la vampirisaient... Il aurait fallu les déculpabiliser, les convaincre qu'ils n'étaient en rien responsables de la crise qui avait rendu cette issue inévitable, que ce n'était pas leur faute si ce siècle avait produit plus de vieux qu'il ne pouvait en nourrir, que maintenant qu'ils étaient là il fallait bien que quelqu'un s'en occupe, qu'il valait mieux que ce soit eux que les chiens, la vermine et les rats...

Plus encore, il aurait fallu les réhabiliter, les valoriser à leurs propres yeux, leur faire percevoir l'utilité, la noblesse, la beauté de leur ministère. Il aurait fallu... Il aurait fallu...

Mais il baissa les bras, certain qu'ils ne comprendraient pas.

— Je crois que vous connaissez notre problème, avait attaqué le type en trois-pièces bleu pétrole chez Global Waste après les salamalecs d'usage.

Oui, Xuan l'avait mis au parfum.

L'erreur des prévisionnistes – la population âgée croissait beaucoup plus rapidement qu'ils ne l'avaient prédit, tandis que la population totale et sa frange active ne cessaient de décroître.

Le chantage des Concessionnaires – ou l'Union reprenait à sa charge cet excédent imprévu qui obérait leurs profits, ou ils déposaient leur bilan.

La capitulation des autorités, effrayées par la menace du rapatriement de millions de vieillards sans logements ni ressources.

La décision prise, au plus haut niveau, de purger ce surplus – vingt-cinq millions, à réviser selon l'évolution des conditions économiques – plutôt que de compromettre le bien-être du plus grand nombre.

Le choix de Global Waste comme opérateur – pour sa technologie et son savoir-faire.

La demande de collaboration adressée à la Chine – pour ses références.

Pourquoi il avait accepté – pour son guanxi.

Le problème du vieillissement de la population se posait à son pays avec plus d'acuité encore qu'au reste du monde. Deux cent soixante millions de vieillards, perdus pour la consommation comme pour la production, y plombaient l'essor d'un milliard de jeunes. Si rien n'était fait, ils seraient près de quatre cents millions en 2050. Xuan avait décidé d'en « élaguer » le tiers le plus âgé. La chose ne pouvait se concevoir sans l'assentiment tacite des autres États, toujours prompts à dénoncer la moindre atteinte aux droits de l'homme en Chine. D'où son accord, quand leur émissaire officieux l'avait approché, tout de suite après son élection. Mais ce serait donnant-donnant, mon silence contre le vôtre. Un chef-d'œuvre de guanxi à l'échelle planétaire. En abritant leur sale petit secret, la Chine avait enfin obtenu des nations occidentales ce que des décennies de diplomatie n'avaient pu leur arracher : le droit d'agir souverainement, sans ingérences extérieures, à l'intérieur de ses frontières.

Clifford Estates était le prix, somme toute modeste, de son admission définitive dans le concert des puissances.

Mais, avait révélé le type en trois-pièces bleu pétrole, les premiers convois s'étaient très mal passés. Cantonné au transport et à l'élimination de déchets inertes, le fameux « savoir-faire » des ingénieurs de Global Waste avait rapidement montré ses limites. Il y avait eu des émeutes à l'arrivée. Il avait fallu faire appel au talent des hommes en vert. Tueries indignes d'une société civilisée. Le trois-pièces bleu pétrole en était encore tout retourné. Le flux en avait été très ralenti, et un instant on avait cru l'opération compromise.

Et puis Xuan était intervenu.

— Le Président nous a fait savoir que vous étiez l'homme de la situation, avait dit le type de Global Waste. Vous aurez carte blanche. Votre prix sera le nôtre.

C'est ainsi qu'au terme d'une carrière dont il n'espérait plus rien, Jonathan Bronstein, docteur en médecine, expert en prévention du vieillissement, pionnier de l'Eternity Rush, était devenu consultant en extermination douce.

Il avait bûché dur. Mobilisé toutes les ressources de son savoir, de son expérience, de sa créativité. Analysé en détail l'existant, étudié tous les précédents, imaginé tous les scénarios, évalué toutes les variantes. Un maître mot avait constamment guidé sa recherche : Hu-ma-ni-té. Les intéressés devraient être traités comme des patients – atteints d'une affection grave mais aisément curable, l'hyperlongévité – et leur traitement administré avec la même bonté, le même souci de dignité que des soins palliatifs à des cancéreux au stade terminal. Toute souffrance inutile – physique ou morale – devrait être prohibée. Les choses allaient tellement mieux quand les condamnés ne flippaient pas.

Puis il avait spécifié, aussi précisément que possible, la procédure à suivre – le voyage en train plutôt qu'en avion, trop rapide pour permettre la mise en condition des patients, la brochure, le luxe ostentatoire du TGV, la préparation psychologique dans le Gobi, l'euphorie programmée de l'arrivée à Clifford Estates, ce village Potemkine avec ses comédiens mimant les joies ineffables de la retraite, la charmante petite gare, Trenet, le cocktail champagne-Azadirachta, les peignoirs Hermès, les cabines de douche et leurs planchers escamotables, Haendel pour couvrir les cris d'effroi des agonisants quand le sol se déroberait sous leurs pieds, jusqu'au dosage des odeurs destinées à masquer, à l'approche du terminus, celle du haut-fourneau.

Pour finir, sa procédure, il l'avait rêvée. Comme un skieur au départ d'une compétition s'imprègne des plus infimes inflexions de sa trajectoire, il se passa et repassa le film – à en faire des cauchemars – jusqu'à ce que, la dernière rugosité lissée, la dernière aspérité polie, il s'en estimât pleinement satisfait.

Avec ce protocole, il se faisait fort de processer un train par heure. Mais c'était compter sans les bureaucrates de Global Waste.

— Un train par heure ? s'étaient-ils exclamés. Impossible !

Rapport à la combustion, soi-disant. Huit cents unités à l'heure, avaient assené ces experts avec leur suffisance habituelle, personne ne savait faire.

Pourtant ses calculs étaient formels : avec une seule usine tournant à feu continu cinq ans durant, et compte tenu des inévitables arrêts pour la maintenance, c'était bien la cadence à atteindre. Une seule usine et cinq ans : c'était le maximum accordé par Xuan. Au-delà, il ne répondait plus de la sécurité. Et encore...

— Toute la terre de Chine, avait-il prévenu, ne suffira pas à ensevelir ce secret-là.

— Et après ? s'était inquiété Jonathan.

— *Après*, avait répondu Xuan, après le monde entier nous maudira. Mais ce sera fait. Et un jour, l'Histoire nous rendra justice et nous reconnaîtra pour ce que nous aurons été : les derniers humanistes d'une ère inhumaine.

Il s'était remis au travail.

Comme souvent dans les grosses boîtes, les ingénieurs de Global Waste étaient englués dans leurs routines, incapables d'imaginer des solutions innovantes. Complètement vierge en matière de destruction de composés organiques, Jonathan, lui, posait sur le problème un regard neuf. Il passa en revue toutes les industries du feu, de la céramique aux poudres et explosifs. Et il trouva. Dans la sidérurgie.

Pour éprouver la faisabilité de son idée, il fit remettre en marche un haut-fourneau désaffecté des environs de Dunkerque, quatorze mètres de diamètre au creuset, soixante de haut, ni trop grand, ni trop petit. Dans le ventre du monstre assoupi, sur un assemblage serré de traverses de chemin de fer destinées à amorcer la combustion, des porcs furent disposés en rayons, comme les pétales d'une marguerite géante, puis recouverts d'un lit de coke. Une couche de porcs, une de coke, une de porcs... huit cents carcasses au total.

On alluma le bûcher et bientôt, soixante mètres plus haut, au niveau du gueulard, un panache de fumée noire signala la résurrection du titan.

Dans la salle de contrôle, casqués de blanc, les contremaîtres surveillaient la mise à feu sur leurs ordinateurs. À un certain moment, pour des raisons connues de lui seul, l'ingénieur en chef cria : « Libérez le vent ! »

Alors, à la base de l'énorme donjon de briques et d'acier, dans un vacarme assourdissant, quarante tuyères grosses comme des réacteurs d'avion injectèrent dans le brasier, à la vitesse du son, un déluge d'air préchauffé à 800 degrés. Gazéifié, le coke s'embrasa instantanément.

En quelques minutes, la température au cœur de la fournaise atteignit 1 900 degrés.

Une heure après, des huit cents carcasses ne subsistait plus dans l'air qu'une insistante odeur de soufre et de corne brûlée.

Dix mois plus tard, l'antique haut-fourneau dunkerquois, dûment démonté, expédié et remonté à l'identique, était prêt à reprendre du service aux confins de la Mongolie et de la Chine.

Restait à valider la méthode. Contre l'avis, une fois encore, des ingénieurs de Global Waste qui n'en voyaient pas l'utilité et voulaient sans plus tarder passer à la phase industrielle, Jonathan décida d'organiser un voyage-test pour en observer le déroulement *in situ*.

— Tout de même, s'était inquiété le président de Global Waste la veille de son départ, ne craignez-vous pas que cela ne leur évoque quelque chose ?

Non, cela, il ne le craignait pas. Les hommes, c'était bien connu, avaient la mémoire courte, et plus encore ceux de cette génération, génération temps réel, submergée par des flots d'indices dont elle ne percevait pas le sens, génération gigabits, assise sur des montagnes d'informations dont elle avait perdu la signification, génération DVD, qui numérisait sans mémoriser, stockait sans comprendre, accumulait sans apprendre, génération Alzheimer, incapable de reconnaître un piège déjà rencontré, un calvaire déjà gravi, une tragédie déjà vue, à jamais condamnée à bisser ses plus mauvaises pièces.

En observant le va-et-vient affairé des équipes d'entretien, Jonathan se félicita d'avoir insisté pour accompagner en personne ce convoi expérimental. Les portes vitrées du hall avaient volé en éclats sous la pression de la foule assoiffée, le type même d'incident impossible à prévoir dans le confort d'un bureau d'études, mais qui, sur le terrain, faisait perdre un temps précieux. À cause des réparations et du nettoyage qu'il nécessitait, le hall n'aurait jamais été prêt à temps pour le train suivant. Et quel tableau si au lieu de quatre cents ils avaient été le double ! À l'évidence, il faudrait construire deux halls supplémentaires. Sans portes vitrées, ça allait de soi. Pendant que le premier traiterait les passagers d'un convoi, dans le second on évacuerait les détritus du précédent, et dans le troisième on préparerait l'accueil du suivant.

Non, décidément, il ne regrettait pas de s'être mêlé aux voyageurs de ce train. C'est parmi eux, sur le terrain, que lui était venue l'idée de ce baume camphré qui masquait si efficacement une puanteur que les ingénieurs, avec tous leurs filtres high-tech, n'étaient pas parvenus à éliminer ; sur le terrain aussi qu'il avait repéré, à l'arrivée, ces comédiens si peu convaincants qu'on pouvait douter de leur joie de vivre ; sur le terrain encore qu'il avait mis le doigt sur l'insuffisante préparation psychologique et idéologique du personnel d'accueil... Et que se serait-il passé à bord si personne n'avait veillé au grain ? Avec ses élucubrations, le trio du nid d'espions aurait pu déclencher une panique... Tout à leurs calculs, les ingénieurs avaient trop tendance à négliger les facteurs psychosociologiques, pourtant déterminants. Pas étonnant que leurs premiers essais se fussent si mal passés.

De nombreux tests seraient sans doute nécessaires avant d'atteindre la cadence requise. D'abord avec un convoi de huit cents, la capacité nominale prévue. Ensuite, il faudrait résoudre les problèmes liés à l'enchaînement de deux trains puis de trois, de jour comme de nuit, hiver comme été, jusqu'à pouvoir garantir, en toutes circonstances, un flux parfaitement tendu.

Non seulement il était souhaitable qu'il continuât d'observer ces convois expérimentaux de l'intérieur, mais en phase opérationnelle il faudrait les faire accompagner tous. Et pour cela, recruter des hommes et des femmes attentifs aux moindres symptômes d'anxiété, capables d'en diagnostiquer les causes et d'y remédier de façon humaine, mais sans faiblir. Des médecins, donc, dûment formés et entraînés, et surtout dotés à l'avance de tous les outils nécessaires. Pas question qu'ils aient, comme lui, à improviser dans l'urgence.

Car si à l'avenir il y aurait toujours dans les

transsibériens des fuwuren pour fournir les Thermos en eau chaude, tout le monde en revanche ne pouvait savoir où trouver *Melia Azadirachta* en plein Moscou.

Je voudrais, je voudrais n'avoir jamais fait ce voyage. Mais puisque tu es encore là, il me reste à te dire :

Comment Jonathan sursaute en entendant une voix derrière lui...

— Quel effet ça fait de se retrouver en Chine, après tout ce temps ?

— Xuan ! Comment vas-tu, vieux frère ?

Comment les deux amis s'étreignent...

— Tu n'aurais pas dû te déranger.

— Je ne voulais laisser à personne le plaisir de te souhaiter la bienvenue. Viens, l'hélico nous attend.

Comment Jonathan se tourne, anxieux, vers la mezzanine.

— Attends...

— Qu'est-ce que tu cherches ?

— Là-haut... Il y avait une femme...

— Ah oui ! Nos amis mongols l'ont reprise hier matin à la frontière russe... À un poil près, elle nous échappait et toute l'aff...

— Sais-tu qui c'est ?

— Oui, une ancienne prof de l'université Zhongshan, langue et littérature françaises je crois.

— C'est sa mère.

— *Sa* mère ? Quelle mère ?

— La mère d'un donneur de la clinique.

Comment Xuan éclate de rire...

— Une vengeance personnelle ? J'aime mieux ça ! Je redoutais pire : une fouille-merde, une Mata Hari quelcon...

Comment Jonathan le coupe...

— Xuan ?

— Oui ?

— J'aimerais la voir.

Comment il insiste, presque suppliant. Parce qu'il a besoin de lui dire. Ce qu'il avait renoncé à expliquer aux autres, tout à l'heure. La nécessité... la légitimité... l'humanité... Que ce n'était pas sa faute si l'Histoire... si la Société... si l'Économie... Qu'il fallait bien que... Qu'il valait mieux que... Que bien sûr, s'il n'avait tenu qu'à lui... Tout cela, elle pouvait, elle devait le comprendre.

— Je dois lui parler. S'il te plaît.

Comment, d'un regard furtif, Xuan interroge le chef des hommes en vert, puis, embarrassé :

— Laisse tomber. Crois-moi, c'est mieux.

Comment Jonathan se rue alors vers les cabines.

Comment un soldat tente de l'arrêter.

Comment Jonathan aboie, menaçant :

— Barre-toi, connard.

Comment l'autre hésite, puis sur un signe de Xuan s'écarte.

Comment Jonathan ouvre, non : arrache les portes une à une.

Comment Xuan le prévient :

— Tu vas encore faire des cauchemars.

Et comment soudain il tombe en arrêt, blême.

Là, sur le carrelage blanc, effilé comme un stylet, en vain planté dans un joint du carrelage blanc, un ongle long et rouge...

Comment il murmure : « Elle aurait compris, elle aurait compris... »

Comment il se ressaisit et lance, à Xuan interloqué :

— Je leur avais dit...

— ...

— ... que c'était une connerie. Ce carrelage. Aux types de Global Waste. Il faut un matériau lisse, sans aspérité. Qu'on ne puisse pas s'agripper.

Et comment, fraternellement, Xuan le prend par l'épaule et le guide vers la sortie :

— Viens maintenant. Tu régleras plus tard ces détails.

www.pocket.fr
Le site qui se lit comme
un bon livre
Informer
Toute l'actualité de Pocket,
les dernières parutions
collection par collection,
les auteurs, des articles,
des interviews,
des exclusivités.
Découvrir
Des 1ers chapitres
et extraits à lire.
Choisissez vos livres
selon vos envies :
thriller, policier,
roman, terroir,
science-fiction...
POCKET
Il y a toujours un Pocket à découvrir
sur www.pocket.fr

Impression réalisée sur Presse Offset par

BRODARD & TAUPIN

GROUPE CPI

26254 – La Flèche (Sarthe), le 19-10-2004
Dépôt légal : novembre 2004

POCKET – 12, avenue d'Italie - 75627 Paris cedex 13
Tél. : 01.44.16.05.00

Imprimé en France